우연한 빵집

우연한 빵집

김혜연 장편소설

차례

어느 한적한 동네 주택가 뒷골목에 빵집이 하나 있다. 눈에 띄는 간판도, 가게 이름도 없어 자세히 보지 않으면 그냥 지나치기 십상인 자그마한 빵집이다.

골목 안 몇몇 집 담장 위로 빨간 장미가 옹기종기 올라와 앉은 초여름 어느 날, 어둑해지기 시작하는 시간이었다. 빵집 분위기가 여느 때와 달랐다. 늘 해가 지기 전에 문을 닫는 그곳에 불이 환하게 켜져 있었다. 가게 문 손잡이에 closed 팻말이 붙어 있었지만 유리문을 통해 빵집 주인과 매장에서 일하는 소녀가 분주하게 움직이는 모습이 보였다.

골목 입구에 한 여자가 나타났다. 짧은 커트 머리에 호리호리한 젊은 여자다. 여자는 곧장 빵집을 향해 걸어갔다. 타박타박 굽 낮은 신발에서 나는 단정한 소리가 골목에 울려 퍼졌다. 여자가 빵집 안으로 들어가고 나서 십 분쯤 지났을까? 청바지에 회색

반팔 티셔츠를 입은 소년이 골목으로 들어섰다. 소년은 성큼성큼 빵집 앞까지 걸어갔지만 문 앞에서 쭈뼛거리고 있었다. 마침 소년 뒤에 한 아주머니가 등장했다. 갑자기 안에서 가게 문이 열리고, 빵집 소녀가 두 사람을 반갑게 맞아들였다.

그러고 나서 한참 뒤, 교복 입은 여자아이가 헉헉거리며 골목으로 뛰어 들어왔다. 여자아이 역시 빵집 앞에서 걸음을 멈추고 후유, 한번 숨을 쉬더니 가게 안으로 들어갔다.

1. 이상한 면접

전철 역사를 빠져나왔을 때 가장 먼저 하경의 눈길이 닿은 건 벚나무였다. 역사 옆으로 폭이 좁은 하천이 있었고, 하천가를 따라 일정한 간격으로 벚나무가 심겨 있었다. 꽃잎이 얼마 없긴 했지만 아직 듬성듬성 분홍빛이 남았다. 하경이 아침에 동네에서 마주친 벚나무들은 이미 꽃잎을 다 떨궈서 초록 이파리들만 무성했다. 벚꽃을 보기 위해 일부러 집에서 나온 건 아니지만 어쩐지 섭섭했었다.

하경은 벚나무가 늘어선 길을 따라 걸었다. 이 길에서 무엇을 만나게 될지는 관심 없었다. 목적이 있어서 이 도시에 온 건 아니니까.

전철을 타고 있을 때 비가 내렸는지 인도에 물기가 보였다. 그 위로 반투명한 분홍빛 꽃잎들이 떨어져 있었다. 흠뻑 젖은 꽃잎은 나무가 흘린 눈물 같았다. 하경은 조심스레 꽃잎들을 밟으며 낯선 도시의 한가운데를 향해 걸었다. 하천에서 올라온 비릿한 냄새와 사차선 도로 위를 쌩쌩 달리는 자동차들이 내뿜는 배기가스가 막무가내로 하경을 덮쳤다.

양손을 주머니에 찔러 넣고 어정버정 걷다가 횡단보도 앞에서 발길을 멈추었다. 길 건너편에는 통일성 없는 간판들을 단 크고 작은 건물들이 줄지어 있었다. 하천 쪽에서 불어오는 바람에 연분홍 꽃잎이 날렸다. 마지막 꽃잎이지 싶었다.

하경은 길을 건너 아파트 단지와 교회와 작은 건물들이 모여 있는 쪽으로 갔다. 목적지가 있는 게 아니어서 느적느적 걸었다. 아까부터 발뒤꿈치가 자꾸 신경 쓰였다. 집을 나설 때부터 살짝 불편했는데 더는 모른 척할 수 없었다. 걸을 때마다 쓰라린 걸 보니 물집이 생겼나 보았다. 신발을 거의 백 일 만에 신었다. 발이 놀랐거나, 신발이 토라져 성질을 부리는 걸 거다. 걸리적거리는 발뒤꿈치 때문에 갑자기 목적지가 생겼다. 약국을 찾아야 했다.

그 빵집을 발견한 건 정말 우연이었다.

하경은 약국에서 일회용밴드를 사서 나와 주위를 두리번거렸다. 대로변에서 양말을 벗고 응급처치를 할 수는 없어, 약국 옆 골목으로 들어갔다. 주택가가 시작되는 곳에서 낯익은 가게를 발견했다. 처음 온 동네인데 '낯익은'이라니. 그런 생각을 하면서 그 가게를 바라보았다.

가게 위쪽에 쳐 놓은 하얀색 차양이 바람에 팔랑팔랑 나부꼈다. 캉파뉴의 블로그에 있던 사진에서 본 장면이었다. 낯선 여행지에서 얼굴만 알고 있던 같은 반 아이를 만난 것 같은 기분이었다. 동네에서 만났다면 반가울 것도 없지만 여행지에서라면 어? 하고 그냥 지나칠 수만은 없는 얼굴.

하경은 발뒤꿈치에 밴드를 붙이려던 계획을 잊고 그 가게를 향해 걸어갔다. 차양의 '빵'이라는 글자와 작은 식빵 그림이 간판을 대신하고 있었다. 캉파뉴의 블로그에서 본 가게, '빵'이 분명했다. 하경이 불현듯 집을 나와 이곳에 오는 전철을 탄 게 캉파뉴와 무관하지 않았지만 이 가게를 발견한 건 우연이 아닐 수도 있었다. 하지만 가게 유리문에 붙어 있던 안내문도 우연이 아니라고 할 수 있을까? 빵집 유리문에 종이 한 장이 붙어 있었다.

하루에 대여섯 시간씩, 일주일에 사나흘 정도
일하실 분 찾습니다.
안으로 들어와 문의하세요.

하경은 가게 앞에 서서 한참 동안 그걸 보았다. 암호 해독을 하는 것마냥 골똘한 표정으로 읽고 또 읽었다. 뒤에서 웅성거리는 소리가 들렸다. 교복 입은 남학생 셋이 하경을 밀쳤다. 하경이 출입문을 가로막고 있었나 보다. 한쪽으로 비켜서자 남학생들이 빵집 문을 열고 들어갔다. 문이 열렸을 때 가게 안에서 아주 좋은 냄새가 흘러나왔다. 하루 종일 물 한 잔 말고 아무것도 만나지 못한 위장이 요동치기 시작했다. 하경은 냄새에 이끌려 가게 안으로 들어갔다. 앞서 들어간 남학생들이 투닥투닥 장난을 치며 빵을 고르고 있었다.

"어서 오세요."

소리 나는 쪽으로 고개를 돌렸다. 얼굴이 창백하고 깡마른 남자가 카운터에 서 있었다. 하경과 눈이 마주치자 그가 다시 말했다.

"어서 오세요."

연기 못하는 배우의 입에서 나온 대사처럼 어색한 말투.

하경은 문 쪽을 가리키며 그에게 말했다.

"저기, 저거 보고……."

"아…… 네."

남자는 좀 당황한 것 같았다. 바깥쪽을 한 번, 하경의 얼굴을 한 번, 다시 바깥쪽을 한 번 보았다. 아무 말 없이. 하경 역시 당황했다. 내가 뭐 잘못한 건가, 싶었다.

남학생들이 빵을 골라 카운터로 왔다. 그 애들은 빵 서너 개 사면서 정신을 쏙 빼놓고 나갔다. 그제야 빵집 주인은 하경을 자리에 앉으라고 했다.

두 사람은 마주앉아 이른바 '면접'을 시작했다.

빵집 주인은 테이블에 손을 올려놓고 잠시 생각에 잠긴 듯 말없이 있더니 물었다.

"빵 좋아해요?"

하경은 생각해 보았다.

'내가 빵을 좋아하나? 있으면 먹지만 집 근처에 빵집이 없는데 구태여 멀리까지 가서 사 먹을 정도는 아닌 것 같은데…….'

"잘…… 모르겠어요."

빵집 주인이 입을 살짝 벌리고 조용히 웃었다. 그리고 시선을 아래로 떨어뜨리고 물었다. 텅 빈 테이블 위에 보이지 않는 질문지가 놓여 있기라도 한 듯.

"빵집 같은 데서 일한 적은 있어요?"

"아니요."

"그럼 다른 아르바이트는?"

"해 본 적 없어요."

"아……."

어이가 없었을 것이다. 스스로 생각해도 이렇게 건성으로 대답하는 자신이 좀 한심했다. 일하겠다고 들어와서 절대 나를 뽑지 말라는 투로 말하다니. 나중에 집에 가서 이 장면을 되돌려보니 '그래, 너 참 잘났다'라는 말이 절로 나왔다.

빵집 주인이 한 손으로 턱을 만지작거리며 말했다.

"면접을 처음 해 봐서 뭘 물어봐야 하는지 모르겠네. 혹시 궁금한 거 있으면 물어볼래요?"

"저도 면접은 처음이라서 잘 모르겠어요. 뭘 궁금해해야 하는지."

"하."

빵집 주인이 웃는 건지 혀를 차는 건지 모를 애매한 소리를 냈다. 김빠진 사이다 병에 코딱지만큼 남아 있던 탄산이 마저 빠져나오는 소리 같았다. 그가 씩 웃더니 말했다.

"그럼 이것도 인연인데, 잘 해 봅시다. 언제부터 나올 수 있어요?"

"내일부터 나올까요?"

"그러면 좋구요. 난 보통 6시쯤 내려와요. 아, 우리 집은 바로 위층이에요. 가게 문은 8시에 열고, 그날 만든 빵이 다 팔리면 문을 닫아요. 보통은 오후 5시나 6시쯤 닫는데, 서너 시에 닫는 날도 있어요. 8시가 너무 이르면 9시에 와도 되고……."

"8시까지 올게요. 올 수 있어요."

"아, 그래요? 집은 어디……?"

하경은 바쁜 일이 있다는 듯 그가 막 하려던 말을 무시하고 일어섰다.

"그럼 내일 뵙겠습니다."

"시급은……."

빵집 주인은 출입문을 밀고 있는 하경의 뒤통수에 대고 뭔가 더 말했지만 하경은 그냥 나와 버렸다. 빵집 밖으로 나왔을 때, 어쩐지 실수한 것 같다는 생각이 들었다. 이 문 앞에 서기 전까지, 문에 붙어 있는 글을 읽기 전까지 아르바이트 같은 걸 할 생각이 없었다. 충동구매라는 말은 들어 봤는데, 충동알바라는 말도 있던가? 하경은 다시 안으로 들어가서 반품, 아니 취소해야 할 것 같았다. 그런데…….

"잠깐만요."

누군가 하경의 어깨를 톡 건드렸다.

뒤돌아보았다. 빵집 주인이었다. 그가 하경의 손에 뭔가를 쥐어 주었다.

"방금 나온 거예요. 가면서 먹어요."

하경은 대답하지 않고 홱 고개를 돌려 잰걸음으로 골목을 빠져나왔다. 왜 그랬는지 자신도 알 수 없었다. 얼마나 걸었을까? 발뒤꿈치가 참을 수 없이 쓰라렸다. 하경은 그 자리에 주저앉아 신발을 벗었다. 양말에 피가 배어 있었다. 물집이 터진 것이다. 양말을 벗고 상처에 밴드를 붙였다. 그러고 나서야 정신이 돌아왔다. 주위를 둘러보았다. 은행과 휴대폰 매장과 과일 가게, 김밥집 간판이 보였다. 사람들이 인도 한복판에 신발을 벗고 주저앉은 여자애를 힐끔힐끔 쳐다보며 지나갔다. 제정신이 아닌 아이를 볼 때 사람들이 어떤 표정을 짓는지 알게 되는 기회였다.

발딱 일어나 손을 탁탁 털다가 하경은 제 손에 종이봉투 하나가 들려 있는 걸 알아챘다. 봉투 안에는 팔뚝만 한 바게트가 들어 있었다. 어쩌다 이걸 받아 왔는지…… 라고 생각하면서 바게트를 꺼내 반으로 뚝 잘랐다. 갈색 바삭한 껍데기 속에서 솜처럼 하얗고 말랑말랑한 속살이 나타났다. 식욕이, 걷잡을 수 없는 식욕이 덤벼들었다. 하경은 바게트를 한 입 베어 물었다.

2. 바게트가 잘 구워진 날

이기호는 작업대 앞에 앉아 뭔가를 골똘히 생각하고 있었다. 밀가루를 반죽하고 성형하는 작업대 위에 종이 한 장이 놓여 있었다. 이마에 송글송글 땀이 맺혀 있었는데, 오븐에서 나오는 열기 때문인지, 흰 종이가 주는 위압감 때문인지 알 수 없었다. 이렇게 종이를 앞에 놓고 어떤 단어를 써야 할지 고민해 본 게 참 오랜만이었다. 대단한 문장을 쓰려는 것도 아닌데 좀처럼 펜이 나가지 않았다.

삐— 빵이 다 구워졌다고 오븐이 보고를 했다. 그는 서둘러 종이에 글 몇 줄을 써 내려갔다.

가게 유리문에 종이를 붙이고 들어와 오븐에서 바게트를 꺼냈다. 냄새도 모양도 완벽했다. 좋은 일이 생길 것 같았다. 바게트가 잘 구워지면 기분이 좋았다. 오 분도 되지 않아 그 안내문을 보고 가게 안으로 들어온 여자아이를 무조건 채용해야겠다고 생각한 건 그래서였을 것이다. 잘 구워진 바게트 때문에.

모양도 평범하고, 맛도 심심하지만 바게트야말로 만들기 가장 어려운 빵이다. 늘 재료를 똑같이 계량하고 발효 시간과 오븐 온도를 똑같이 맞춰도 결과물은 늘 미묘하게 달랐다. 그래서 그는 오전에 구워진 바게트 상태로 하루 운을 짐작하곤 했다. 좁은 공간에서 혼자 일하는 자신을 위한 유일한 이벤트라고 할 수 있었다.

어릴 때 방학이면 시골 외갓집에 놀러 갔는데, 외할머니는 아침에 눈 뜨면 화투짝으로 그날 운을 점치곤 했다. 화투 패를 보면서 외할머니는 '오늘은 반가운 손님이 오겠구나'라든가, '오늘은 몸조심해야 겠구나'라고 말했다. 그에게는 바게트가 할머니의 화투짝 같은 거였다.

다음 날 아침 7시가 조금 넘었을 때 그 여자애가 가게 문을 열고 들어왔다. 시급이라든지, 일하는 시간이라든지, 아무것도 묻지 않고 내빼듯이 가 버려서 설마 올까, 했는데. 여자애는 눈을 다 가리고 있던 앞머리를 눈썹 위까지 싹뚝 자르고 어깨 아래로 내려와 있던 긴 머리카락을 하나로 묶고 나타났다. 처음엔 어제 왔던 그 애라고 생각하지 못했다. 손님인 줄 알고 아직 문을 열지 않았다고 말하려는데, 그 애가 꾸벅 고개를 숙이더니 말했다.

"안녕하세요."

저음의 느릿느릿한 목소리를 듣고 나서야 그 애를 알아보았다.

"아. 왔군요."

"네."

지극히 간단한 인사로 두 사람의 첫날이 시작되었다.

하경에게 할 일을 설명해 주어야 했는데, 자세한 이야기는 해 줄 수 없었다. 사실 뭘 얘기해 줘야 할지 잘 몰랐다. 얼마 전까지 어머니가 매장을 맡아 주었기 때문에 그는 다른 건 거의 신경 쓰지 않고 작업실 안에서 빵을 굽기만 하면 되었다. 그런데 사정이 달라졌다. 어머니 다리 상태가 심각할 정도로 나빠졌다. 어머니는 저녁이면 다리가 코끼리 다리처럼 붓고 이 층 계단도 간신히 올라갔다. 그러면서도 괜찮다고 했다. 결국 병원에서 퇴행성관절염이라는 병명과 처방전을 받고 나서야 어머니는 자신이 환자라는 걸 인정했다.

그 뒤 이기호는 빵 굽는 일과 매장 관리를 전부 혼자 해 보려고 했다. 하지만 두 가지 일 다 제대로 해내기가 쉽지 않았다. 결국 일할 사람을 구한다는 안내문을 써 붙인 것이다. 이것저것 보지 않고 첫인상만으로, 그날의 기분만으로 하경을 선택했다. 막상 앞치마를 입고 눈앞에 서 있는 모습을 보니 이 어설퍼 보이는 아이가 뭘 도와줄 수 있을까, 하는 생각이 들었다. 그래도 어쨌든 해 보기로 했다. 어떻게든 되지 않겠나 싶었다.

하경을 작업실 안으로 데리고 들어갔다. 작업대 위에는 하얗게 부풀어 오른 바게트 생지들이 가지런하게 놓여 있었다.

그가 말했다.

"이게 우리 가게에서 가장 많이 팔리는 거예요."

하경이 앞치마를 만지작거리며 느릿느릿 말했다.

"네. 맛있었어요."

"여기서 일하는 동안 빵은 맘껏 먹을 수 있을 거예요."

"네."

"점심은 위에 가서 먹으면 되고요. 어머니가 해 놓으실 거예요."

"점심은 괜찮은데……."

"울 엄마가 좋아해요, 음식해서 남 먹이는 거. 먹어야 해요."

그는 어머니가 해 놓은 음식을 먹는 것도 알바생이 해야 할 일 중 하나라는 듯이 강조해 말했다.

반평생을 빵집에서 종종거리며 일하며 살아온 어머니는 집 안에서 하루 종일 아무것도 안 하고 있는 게 답답한가 보았다. 텔레비전을 보다가 벌떡 일어나 음식을 만들곤 했다. 그들 모자의 식탁에 오르는 메뉴는 대개 전날 텔레비전 요리 프로에서 소개된 것이었다. 듣도 보도 못한 음식이 등장해 입 짧은 이기호를 난처하게 만드는 날도 종종 있었다. 이제 그 난처함을 함께 나눌 동지가 생겨 다행이라는 생각이 들었다.

그는 하경에게 매장에서 해야 할 기본적인 것들을 이야기해 주고 작업실로 들어갔다. 바게트 반죽이 발효되는 동안 다 구워진 크루아상과 캉파뉴를 오븐에서 꺼내고 마들렌 만들 준비를 했다.

잠시 후 하경이 작업실 안으로 고개를 살짝 들이밀고 주저주저 말했다.

"저기…… 빵 나오는 시간 적어 놓는 보드 같은 건 없나요?"

"아."

그러고 보니 한참 동안 보드를 사용하지 않았다. 한동안 성실하게 보드에 몇 시에 무슨 빵이 나오는지 적어 가게 앞에 세워 두었다. 그걸 보고 지나가다 들어오는 사람도 제법 있었다. '크루아상이 방금 나왔겠네요, 맛있겠다.' 하면서. 정신머리하고는. 이기호는 작업실 구석에 있는 계단을 이용해 지하실로 내려갔다. 지하실에는 빵을 만드는 데 필요한 재료들을 보관해 두었다. 보드는 밀가루 포대 뒤쪽에 넘어져 있었다.

그는 보드에 묻은 먼지와 밀가루를 털어 내며 생각했다.

'이걸 왜 까먹고 있었을까? 그런데 잰 어떻게 안 거지?'

한동안 가게를 닫았다가 다시 연 게 불과 며칠 전이었다. 그 동안 그에게 태풍과 쓰나미와 지진에 맞먹는 일이 있었다. 그런데 이제 아무 일도 없었다는 듯 이렇게 빵을 만들고 누군가와 이야기를 나누고 있다. 이래도 되나 싶었다.

보드를 들고 지하실에서 올라왔을 때 오늘의 첫 손님이 가게에 들어왔다.

3. 기도의 힘

남쪽 바다에서 사고가 난 뒤 보름이 지나도록 윤지는 돌아오지 않았다. 아침에 눈을 뜨면 휴대폰으로 뉴스부터 확인하는 게 습관이 되어 버린 어느 날, 태환은 필통 귀퉁이에서 부적 하나를 발견했다. 손가락 두 개 크기의 빨간색 천 주머니에 고양이 얼굴이 그려진, 일본 여행을 가면 관광지 기념품 가게에서 흔하게 볼 수 있는 '오마모리'라고 하는 부적이다. 윤지가 준 것이다.

태환은 빨간색도 고양이도 좋아하지 않는다. 부적 같은 건 더더욱 태환의 취향이 아니다. 그럼에도 그걸 지니고 있었던 것은 윤지가 꼭 가지고 다니라고 신신당부했기 때문이다. 말이 부탁이지 거의 협박이나 다름없었다. 윤지가 여행 떠나기 며칠 전 둘이 자주 가던 카페에서였다.

태환과 윤지는 토요일마다 학원 수업을 마치고 근처 프랜차이즈 카페에서 만났다. 두 시간 정도 이런저런 잡담을 나누다가 같이 집까지 걸어가 아파트 입구에서 헤어졌다. 데이트라고 하기엔 좀 시시했지만 몹시 설레는 시간이었다. 헤어지는 순간부터 다음 토요일을 기다렸다.

둘은 학교는 달랐지만, 같은 학원에서 같은 시간에 다른 수업을 들었다. 끝나는 시간은 같아도 만나기로 한 장소에 도착하는 시간은 약간씩 차이가 났다. 나중에 오는 사람이 음료를 사는 게 어떠냐고 말을 꺼낸 건 태환이었다. 태환은 수업이 끝나고 발딱 일어서는 법이 없었다. 원체 늑장을 부리는 데다 책상 위에 교재며 연습장이며 필기구를 너저분하게 펼쳐 놓는 버릇이 있어 늘 꼴찌로 강의실에서 나오곤 했다.

태환은 늦는 쪽이 늘 자기여서 윤지에게 미안했다. 한편으로는 그렇게라도 커피값을 내고 싶었다. 윤지는 매번 제가 마시는 음료값을 백 원짜리 하나까지 정확하게 테이블에 올려놓았다. 태환은 윤지에게 뭘 사 준 적이 없었다. 용돈이 빤한 학생 주제에 비싼 걸 사 줄 수 없으니 만만한 커피라도 사고 싶었다. 태환은 윤지가 그 제안을 받아들여서 기뻤다.

"재밌겠다. 좋아."

윤지는 손을 내밀고 태환은 그 손을 잡았다. 둘은 거대한 프로젝트를 합작하기로 한 회사 CEO들처럼 한껏 폼을 잡고 악수를 했다. 그렇게 원칙을 정하고 나서도 세 번에 한 번 정도는 윤지가 한발 늦게 왔다. 일부러 늦는 게 뻔하지만 태환은 모른 체했다. 헉헉거리며 카페 자동문을 통과하는 윤지에게 손가락으로 브이 자를 만들어 보이곤 했다.

그날, 둘이 마지막으로 만난 날엔 태환이 다른 때보다 많이 늦었다. 수학 강사가 설명해 준 것 중에 도무지 이해되지 않는 게 있었다. 질문을 하고 설명을 듣느라 이십 분이나 늦게 카페에 도착했다.

"미안."

태환이 자리에 앉기도 전에 윤지가 혀를 살짝 내밀며 말했다.

"망고바나나."

태환은 엄지와 검지로 동그라미를 만들어 보이며 귀에서 이어폰을 뺐다. 가방을 테이블에 올려놓고 주문하러 계산대로 갔다. 망고바나나와 카페라테를 들고 자리에 왔을 때 윤지는 태환의 이어폰을 귀에 꽂고 있었다.

"야, 이 음악 완전 좋아. 뭐야? 나 처음 들어."

태환은 대답 대신 가방에서 시디 케이스를 꺼내 보여 주었다.

재킷에 적힌 글자를 읽으려던 윤지가 고개를 들고 태환을 살짝 흘겨보았다. 태환은 윤지가 뭐 때문에 그러는지 알면서 태연하게 물었다.

"뭐야? 너 한자 문맹이었어?"

"죽을래?"

윤지가 자리에서 벌떡 일어났다. 몸을 기울여 두 손을 태환의 목에 갖다 대고 조르는 시늉을 했다.

"캑캑. 살려 줘."

태환은 진짜로 죽을 것 같은 표정을 지으며 팔을 버둥거렸다.

그날의 그 장면이, 그 속에 제가 있었건만, 영화에서 본 것처럼 아스라했다.

한자로 쓰인 그 앨범 제목이자 노래 제목은 「유예(猶豫)」였다. 그즈음 태환이 줄기차게 듣고 있던 '9와 숫자들'의 노래였다. 이어폰을 끼고 눈을 감고 듣고 있노라면 따듯한 물에 들어가 목욕할 때처럼 멜로디와 가사가 기분 좋게 온몸에 스며들었다. 하루 종일 듣고 또 듣고, 흥얼거리던 노래다.

윤지는 노란색 음료가 담긴 투명한 플라스틱 컵에 새까만 스트로를 꽂았다. 스트로를 입에 넣고 한 모금 빨자 줄어든 음료수만큼 윤지 뺨이 오목하게 들어갔다.

시디케이스 안에 들어 있는 가사집을 보며 윤지가 말했다.

"가사 참 좋다. 멜로디도 좋고. 이 시디, 나 주면 안 돼?"

태환은 그 말을 들었으면서도 못 들은 척 잠자코 창밖만 내다보았다.

"야, 이거 달라고."

윤지가 태환의 발을 꾹 눌렀다. 산 지 얼마 되지 않은 흰색 농구화에 윤지의 스니커즈 바닥 무늬가 선명하게 찍혔다. 윤지 얼굴엔 장난기가 가득했다. 더 이상 딴청 피울 수가 없었다.

태환이 유난히 집착하는 물건들이 몇 개 있다. 주로 책이나 시디, 그리고 사연이 담긴 오래된 물건들이다. 누구의 것이 되었든 손때가 묻은 오래된 물건들을 보고 있으면 마음이 편했다. 형이 쓰던 참고서나 옷을 물려받는 것도 싫지 않았다. 태환이 손목에 차고 있는 시계도 할아버지가 차던 것이다. 할아버지가 돌아가시고 유품을 정리할 때 아무도 관심 갖지 않는 그 시계를 태환이 집어 들었다. 시계 뒷면에는 할아버지가 정년퇴직한 은행 이름이 새겨져 있었다. 조흥은행. 1997. 3. 3. 신기하게도 할아버지가 정년퇴직한 날이 태환이 태어난 날이다. 윤지를 만나게 된 것도 그 시계 때문이었다. 태환은 할아버지의 시계가 자기에게 행운을 가져다주었을지도 모른다고 생각했다.

태환의 그런 면을 알기에 윤지는 순순히 포기했다.

"치사해. 그럼 그냥 빌려줘. 집에 가서 한 번 듣고 엠피스리로 저장하고 줄게."

윤지는 저 혼자 요구하고 포기하고 해결책까지 내놓았다. 그러고는 섭섭함이 가시지 않았는지 태환의 시디플레이어를 톡톡 건드리며 툴툴거렸다.

"정말 인간문화재라니까. 무겁지도 않니?"

태환은 음원을 다운받아 음악을 듣지 않고 시디플레이어를 가지고 다닌다. 윤지가 처음 태환의 시디플레이어를 보았을 때 선사시대 돌도끼를 본 것처럼 신기해했다. 윤지만 그런 건 아니다. 칙칙한 모양의 접시처럼 생긴 그걸 보면 누구나 한마디씩 했다. '아직도 이런 걸 쓰는 사람이 있다니.' 시대에 뒤떨어진 사람을 보는 얼굴로.

태환이 시디플레이어를 고수하는 데 특별한 이유가 있는 건 아니다. 처음 그것으로 음악을 듣기 시작했기 때문에 습관이 되어 불편하지 않을 뿐이다. 스마트폰 뮤직 앱을 이용하거나 엠피스리나 휴대폰에 수천 곡을 저장할 수 있는데 굳이 무거운 걸 가지고 다니는 데에 그거 말고도 다른 이유가 있을 거라고 집요하게 묻는 애들도 있다. 다른 이유, 물론 있다. 좋아하는 시디를 주문하고 택배가 도착하길 기다리고, 택배 상자에서 시디를 꺼내 비닐을 뜯는 순간까지의 설렘이 좋아서다. 그래야 그 음악들을 온전히 소유한 것 같았다. 음원 사이트에서 일 초 만에 다운 받은 음악에선 숨결이 느껴지지 않았다.

그리고 또 하나. 시디를 플레이어에 넣고 재생 버튼을 누르면 쉬익, 시디 돌아가는 소리가 들린다. 태환은 그 소리를 들으면 너무 좋아서 미칠 것 같았다. 들어도 들어도 짜릿했다. 윤지와 처음 손을 잡았을 때의 느낌에 비유할 만큼. 윤지에게 그런 말을 하진 않았다. 시디플레이어에 비유한다고 한 대 얻어맞을 게 뻔하니까. 하지만 그때, 태환의 손에 윤지의 작은 손이 들어왔을 때의 느낌은 정말 그랬다. 태환은 시디가 플레이되는 소리를 들을 때마다 그 순간을 떠올렸다.

태환은 문득 윤지가 자신이 듣는 음악을 이토록 맘에 들어 한 적이 없었다는 생각을 했다. 윤지는 떼거지로 나와 춤추며 노래하는 남자 아이돌 그룹의 음악을 좋아했다. 태환은 윤지의 그런 취향이 마음에 들지 않았다. 저와는 영 다른 인종 같은, 만화책에나 있을 법한 외모의 댄싱머신 같은 가수들에게 윤지가 열광하는 걸 보면 심술이 났다.

그러고 보니 윤지가 제게 뭘 달라고 한 것도 처음이었다. 커피값조차 더치페이를 고집하는 아이인데.

태환은 시디플레이어에서 시디를 꺼내 케이스에 넣었다. 그걸 윤지 손에 쥐어 주며 말했다.

"가져."

"정말? 진짜 주는 거야?"

"응."

"여행 가서 들어야지."

윤지가 특수 카메라로 저속촬영한, 순식간에 피어나는 꽃처럼 활짝 웃으며 말했다.

"그럼 나도 내 물건 하나 줄게. 갖고 싶은 거 있음 말해."

"뭐든지?"

"뭐든지."

태환은 살짝 뜸을 들이다 말했다.

"음…… 없는데."

말은 이렇게 했지만 사실은 갖고 싶은 게 있었다. 아까부터 옅은 핑크색 틴트가 발린 윤지의 반짝이는 입술이 자꾸 눈에 들어왔다. 외면하려고 했지만 잘되지 않았다. 고개를 숙이고 있어도, 딴청 피우며 창밖으로 시선을 돌려도 졸졸 따라와 홀로그램처럼 눈앞에 재생되었다. 하지만 그 말을 할 수는 없었다. 저질이라며 다른 쪽 신발마저 밟을 게 뻔하니까. 새로 산 신발인데.

태환은 너그러운 미소를 띠며 말했다.

"없어. 그냥 가져."

"그럴 수는 없지."

윤지는 제 가방에 달려 있는 오마모리를 떼어 테이블에 올려놓았다.

"이거 가져."

"괜찮아. 이거 네 부적이라며?"

"그러니까 주는 거지. 지금 내가 가지고 있는 물건 중에서 가장 소중한 거야. 그만큼 내가 너를 생각한다는 말씀."

태환은 윤지가 내미는 부적을 받지 않았다. 그는 불행으로부터 지켜 준다는 부적이라든가, 별똥별을 보며 소원을 빈다든가, 백일기도라든가 하는 것들을 믿지 않는다. 좀 우습다고 생각했다.

태환의 엄마는 독실한 기독교 신자다. 일요일마다 교회에 가서 예배를 드리고 새벽 기도도 종종 다닌다. 태환의 형 태준이고3일 때에는 수능을 앞두고 백 일 동안 하루도 거르지 않고 새벽 기도를 다녔다. 태준이 서울대에 합격한 게 엄마의 새벽 기도 덕만은 아닐 텐데, 태환의 엄마는 큰아들이 서울대 다닌다는 말을 누군가에게 할 때면 꼭 덧붙였다.

"내가 걔 수능 보기 전에 백 일 동안 새벽 기도를 했어요."

태환은 형이 얼마나 열심히 공부했는지 알고 있다. 어릴 때부터 책상에 앉아 한 손으론 턱을 괴고 한 손으론 연필을 쥐고 책을 보고 있는 형의 모습에 익숙했다. 형이 원하던 학교에 간 건 엄마의 기도 때문도, 성령에 힘입은 것도 아니다. 오로지 형의 노력만으로 이룬 결과다. 하지만 엄마는 그렇게 생각하지 않나 보았다. 형의 합격 문자를 받은 날, 엄마 입에서 나온 첫마디가 '하느님 아버지 감사합니다.'였다. 태환은 그때 화가 났다. 하지만 정작 당사자인 태준은 아무렇지 않아 보였다.

"왜 하느님에게 감사해야 해? 공부도 형이 하고, 시험도 형이 봤는데."

태환이 이렇게 불퉁거렸을 때도 태준은 피식 웃기만 했다.

엄마는 모든 게 하느님의 보살핌 때문이라고 했다. 가족 모두 건강한 것도, 평안한 것도, 형이 원하던 학교에 합격한 것도 다. 반박하고 싶을 때가 한두 번이 아니었다.

태환의 부모님은 사이가 좋지 않다. 태준과 태환 형제는 어려서부터 부모님이 다투는 걸 많이 보았다. 두 분이 단둘이 식사하는 걸 본 적이 없다. 아들들이 있을 때만 두 분이 한 식탁에 앉는다는 걸, 알고 있었다. 그게 다 하느님 때문이다. 부모님의 말다툼은 대개 돈 문제로 시작되었다. 구체적으로 얘기하면 엄마가 교회에 갖다 바치는 십일조 때문이었다. 교회 그림자도 밟기 싫어하는 아버지는 교회 관계자들을 도둑놈 취급했다.

"내가 밤낮으로 회사에서 착취당하는 것도 모자라 예수한테까지 착취당해야 해?"

태환의 아버지가 아내한테 화나는 일이 있으면 들먹이는 레퍼토리다.

그럴 때마다 엄마는 어떻게 그런 불경한 소리를 입 밖에 낼 수 있느냐는 듯이 몸을 바르르 떨었다. 엄마는 몽매한 남편 때문에 가족이 주님의 보살핌을 받지 못하게 될까 봐 전전긍긍하며 더 열심히 교회 일에 발 벗고 나섰다. 그럴수록 아버지는 더 화를 내고……. 상황은 점점 악화될 뿐이었다.

"이 부적에 얽힌 얘기 해 줄까?"

태환이 부적을 소 닭 보듯 쳐다보고만 있자 윤지가 말했다.

"작년에 우리 엄마 아빠가 생애 처음으로 해외여행을 다녀왔어. 상가 아저씨 아줌마들하고 같이 일본으로. 엄마가 어느 커다란 절에 갔을 때 기념품 가게에서 날 주려고 이걸 샀대. 그런데 그 절 근처에 사슴들이 막 돌아다니더라는 거야. 웃기지?"

"나도 텔레비전에서 본 적 있어."

태환은 내셔널지오그래픽이나 히스토리 채널에서 하는 프로그램을 좋아했다. 윤지가 말한 그곳은 아마 '나라'일 것이다. 그곳 신화에 의하면 사슴은 신이 타고 온 동물이라고 한다. 그래서 신성하게 여겨져 사슴이 공원이나 관광지에 아무렇지 않게 돌아다니는가 보았다.

"엄마가 그곳을 구경하고 걸어 나오다 주차 턱 같은 데 걸려 넘어졌다나 봐. 그때 가방에서 이게 떨어졌는데, 몰랐던 거야. 엄마가 일어나서 걸어가는데 사슴 한 마리가 졸졸 따라와 다리에 얼굴을 마구 비비더래. 왜 이러나 하고 봤더니 사슴이 입에 이걸 물고 있었대. 가방을 뒤져 봤더니 이것 하나만 없더라는 거야. 신기하지?"

"강아지들도 그러지 않나? 예전에 우리 집에서 키우던 강아지도 내 장난감 찾아 주고 했는데……."

태환은 괜히 어깃장을 놓았다.

"삐딱하긴. 그냥 맞장구쳐 주면 어디 덧나니? 아무튼 이걸 가지고 다닌 뒤부터 내게 좋은 일이 많이 생겼어. 성적도 올랐고, 너랑도 사귀게 되었고……."

"성적 오른 건 네가 공부 열심히 해서 그런 거고, 나랑 사귀게 된 건 내가 먼저 그러자고 한 거잖아."

태환은 계속 딴죽을 걸었다.

"사실 그건 내가 빌었기 때문이야. 넌 내 기도에 조종당한 거야. 하하하."

윤지의 웃음소리가 장마 뒤 콸콸 흐르는 시냇물 소리처럼 시원하게 들렸다. 윤지는 태환의 손바닥에 부적을 올려놓으며 말했다.

"꼭 가지고 다녀. 이게 널 지켜 줄 거야."

"야, 나는 내가 지켜."

"아, 시끄럽고. 만날 때마다 검사할 거야. 가방에 매달아."

"에이, 그건 좀……."

"좋아, 봐줬다. 그럼 필통에 넣어 둬. 필통은 매일 가지고 다니지?"

"알았어."

태환은 윤지가 보는 앞에서 부적을 필통에 넣었다. 그러고는 이제껏 잊고 있었다. 연필과 볼펜 들에 밀려 필통 구석에 찌부러져 있던 부적은 구겨지고 꼬질꼬질했다. 태환은 부적을 꺼내 정성껏 펴서 손바닥에 올려놓고 생각했다.

'윤지가 이걸 내게 주지 않고 갖고 있었더라면 구조될 수 있었을까?'

부적에 신비한 힘이 깃들어 있을 거라고 믿지는 않았지만, 그걸 받은 게 후회되었다.

'그때 끝까지 거절했어야 했어. 이건 윤지가 갖고 있어야 했어.'

태환은 윤지가 여행에서 돌아오면 그걸 돌려줄 작정이었다. 이런 물건은 믿는 사람에게만 그 힘을 발휘하는 거라고 생각했기 때문이다. 자신처럼 우습게 여기는 사람에게까지 영험함을 보여 줄 리는 만무하니까. 하지만 윤지는 돌아오지 않았고, 부적은 태환에게 잊힌 채로 필통 속에서 스무 날을 보냈다.

토요일이었지만 태환은 일찌감치 샤워하고 옷을 챙겨 입었다. 작은 백팩에 짧은 여행에 필요한 물건을 넣고 집을 나섰다. 5월의 아침 공기에선 달콤한 냄새가 은은하게 났다. 아파트 둘레에 담장 대신 서 있는 아카시아 나무에서 꽃들이 향기를 뿜어내고 있었다. 바닥에 떨어진 꽃잎을 밟으며 아파트를 걸어 나오다 상가 앞에서 발길을 멈췄다.

상가 이 층, 윤지 부모님이 하는 세탁소 창문은 굳게 닫혀 있었다. 그날 이후 한 번도 문을 열지 않았다. 언제까지일지 모르겠지만 앞으로도 한동안은 쭉 그럴 것이다.

태환은 상가 앞에서 윤지 아버지를 몇 번 본 적 있다. 체격이 크고 둥글둥글한 얼굴에 유머러스해 보이는 분이었다. 볼 때마다 흥얼흥얼 노래를 부르며 세탁소 이름이 적힌 미니 밴에 배달할 세탁물을 싣고 계셨다. 언젠가 윤지에게 그 얘길 했더니 깔깔 웃으며 말했다.

"심수봉 노래였을 거야. 울 아빠가 제일 좋아하는 가수거든.

삼백육십오 일 하루도 빠지지 않고 심수봉이야."

세탁소 간판을 보고 있자니 윤지 목소리가 들리는 것 같았다.

이제 윤지 아버지는 그 좋아하는 가수의 어떤 노래는 죽을 때까지 부르지 못할 것이다. 어쩌면 노래라는 걸 부르지 않을지도 모른다.

아파트를 나서서 윤지네 학교 쪽으로 걸었다. 화창한 5월답지 않게 공기가 촉촉했다. 전날 잠깐 내린 비 때문인 듯했다.

태환은 가로수길을 따라 걸었다. 한참 걷다 도로에서 주택가로 나 있는 골목으로 들어갔다. 흰색 차양이 있는 가게 앞에서 걸음을 멈추었다. 차양에 '빵'이라는 글자가 씌어 있고, 그 옆에 자그마한 식빵 그림이 있었다. 간판도 이름도 없는 이 빵집의 주인은 가게 이름을 멋지게 짓고 싶어 백 개도 넘게 적어 보았다고 한다. 하지만 아무리 생각해도 마음에 드는 게 떠오르지 않아 이름을 짓지 않기로 했단다.

윤지에게서 그 얘길 들었을 때 태환은 어릴 때 잠깐 집에서 길렀던 개가 떠올랐다. 종을 알 수 없는 유기견이었다. 연한 갈색 털이 부스스하고 몸집이 커다란 녀석이었다. 태환 형제는 그 개를 무척 좋아했다. 아파트로 이사 오기 전이라 마당에서 키웠는데, 학교 갔다 오면 종일 마당에서 살 정도였다. 형제는 그 녀석을 그냥 '개'라고 불렀다. 아무 이름이나 붙이기 싫어 서로 이게 좋네, 저게 좋네 하며 이름 짓는 걸 차일피일 미루고 있었다.

'개'는 서너 달 뒤에 목줄을 끊고 사라져 버렸다. 그때 태환은 엉엉 울면서 이름을 지어 주지 않아 개가 떠났나 보다고 말했다.

그때 '개'는 왜 도망가 버린 걸까? 과연 이름을 지어 주었으면 떠나지 않았을까? 태환은 그때 형이 했던 말이 생각났다. '이름을 붙여 주었더라면 정이 들어 더 슬펐을 거야.' 그러고 보니 형은 어릴 때도 꽤 이성적이었던 것 같다. 태환은 이름 없는 빵집 앞에서 느닷없이 오래전 자신을 버리고 떠난 개를 떠올렸다.

빵집은 아직 문을 열지 않았다. 출입문 손잡이 옆에 작은 글씨로 'open: 08:00' 라고 쓰여 있었다. 시계를 보았다. 7시 45분이었다. 유리문 안에서 누군가 왔다 갔다 하며 분주히 움직이는 게 언뜻언뜻 보였다. 태환은 유리문 위에 자그마하게 붙어 있는 'pain'이라는 글자를 물끄러미 바라보았다. 처음 본 것도 아닌데 새삼 'pain'이 클로즈업되어 다가왔다. 빵의 프랑스어라고 한다. 영어로 읽으면 '고통'이라는 뜻. 고통. '빵'의 사장님은 왜 하필 프랑스어를 써 놓았을까? 영어 bread나 우리말 빵의 어원이라는 포르투갈어 pão를 써 놓을 수도 있었을 텐데. 아님 그냥 한글로만 적어 놓든가.

태환이 우두커니 서서 생각에 잠겨 있을 때 빵집 문이 살며시 열렸다. 태환 또래로 보이는 여자아이가 얼굴을 내밀고 물었다.

"빵 사러 왔어요?"

"네."

"들어오세요."

여자아이가 문을 열어 주었다. 처음 보는 얼굴이었다.

가게 안은 언제나처럼 달콤하고 고소하고 따듯한 냄새로 가득했다. 윤지가 세상에서 제일 좋다고 했던 냄새. 카운터 뒤쪽 테이블에는 방금 오븐에서 나온 빵들이 사열을 마친 군인들처럼 가지런히 놓여 있었다. 빵들이 새근새근 숨 쉬며 행복한 냄새를 내뿜었다. 윤지였다면 손뼉을 치며 좋아했을 것이다.

"먹어 보세요."

여자아이가 카운터 위에 있는 접시를 가리켰다. 나이테 무늬가 선명한 나무 접시에 한 입 크기로 자른 빵 조각들이 담겨 있었다.

태환은 한 조각을 집어 입에 넣었다. 윤지가 제일 좋아하는 무화과 캉파뉴였다. 방금 오븐에서 나온 건지 손가락과 입안에 온기가 느껴졌다.

"캉파뉴는 생긴 것도 맛도 투박하고 정직해서 진짜 빵 같아. 그래서 좋아."

윤지 목소리가 바로 옆에서 들리는 듯했다.

윤지는 세상 곳곳을 여행하고 싶다고 했다. 세계 여러 나라에서 만들어지는 빵을 다 먹어 보고, 서른다섯 살쯤 되면 빵집을 낼 거라고 했다.

"왜 서른다섯 살이야?"

윤지는 뭐 그런 바보 같은 질문이 다 있느냐는 듯한 표정으로 말했다.

"여러 나라를 가 보려면 돈이 있어야 하잖아. 대학도 가고 외국어도 배우고 취직해서 돈을 모아야 될 거 아니니? 그러려면 그 정도 시간은 필요하지."

꿈에 대해 이야기할 때면 윤지 얼굴에서 빛이 났다. 하지만 윤지의 그 꿈은 이제 영원히 '유예'되었다. 윤지가 좋다던 노래 가사에서처럼. 윤지는 마지막 여행길에서 그 노래를 들었을까?

토요일이면 카페에서 나와 집으로 가는 길에 둘은 가끔 이 가게에 들렀다. 만날 비슷한 빵을 사면서 윤지는 오랫동안 빵들을 들여다보았다. 빵에도 저마다 표정이 있다고 했다. 즐거워 보이는 빵이 있고 우울해 보이는 빵이 있다고 했다. 태환은 아무리 봐도 그게 그거 같은데, 윤지는 신중하고 진지했다. 그러곤 한참 만에 "오늘은 얘를 먹어 줘야겠다. 내가 기분이 좋으니까 우울해 보이는 애를 달래 줘야지." 하며 비슷한 것들 가운데 하나를 골라 들었다. 그렇게 고른 우울한 빵을 뜯어 먹으며 집까지 걸어갔다. 길에서 만난 고양이와 새들에게도 한 조각씩 떼어 주면서.

여자아이가 매대에 빵들을 진열하고 있었다.

태환은 커다란 쟁반에 가지런히 놓인 빵들을 바라보았다. 모두 똑같은 표정을 하고 있었다. 슬픈 얼굴의 빵들. 그중 하나를 골라 카운터로 가지고 갔다. 주인아저씨는 태환의 얼굴을 기억하고 있었다. 반갑게 말을 걸었다.

"오랜만이네. 오늘은 혼자 왔어?"

그 말이 떨어지기 무섭게 태환의 눈에서 눈물이 뚝 떨어졌다. 태환은 고개를 푹 숙였다. 심장박동이 빨라지고, 눈물이 멈추지 않고 흘렀다. 목에서 야생동물의 울음 같은 소리가 새어 나왔다.

주인아저씨 표정이 딱딱해진 빵처럼 변했다. 들릴 듯 말 듯 나지막하게 한숨을 쉬었다.

태환이 들고 있던 빵에 눈물이 떨어져 촉촉해졌다. 빵이 흘린 눈물인지도 모르겠다.

태환이 빵집을 나오는데 빵집 주인이 따라 나왔다. 그가 태환의 등을 토닥토닥 두드려 주었다. 그는 태환이 더 이상 이곳에 오지 않으리라는 것을 짐작했을 것이다.

항구에는 해가 지고 있었다. 바다 위로 주홍색 노을이 번져 나가고 있었다. 잘 익은 홍시가 터져 질척한 과육이 흐르는 것 같았다. 태환은 바다를 마주 보고 섰다. 백팩에서 빵을 꺼냈다. 한 조각을 떼어 바다에 던지고, 한 조각을 떼어 제 입에 넣었다. 그리고 또 한 조각을 떼어 갈매기 떼를 향해 던졌다. 빵 조각은 포물선을 그리며 날아갔다. 잿빛 갈매기 하나가 재빠르게 날아가 잡아챘다.

바다에 한 조각, 태환과 갈매기가 또 한 조각씩. 커다란 빵이 어느새 없어졌다. 태환은 손바닥에 남은 빵가루를 탈탈 털어 버리고 주머니에서 윤지의 부적을 꺼냈다. 가지고 있는 동안 한 번도 뭔가를 기원해 본 적 없었는데, 처음으로 해 볼 생각이었다. 아니, 그보다는 원래의 주인에게 돌려줄 생각이었다.

태환은 바다를 향해 말했다.

"나보다는 네가 가지고 있어야 했어. 받지 말아야 했어. 내가 이걸 받지만 않았어도 네가 저 차가운 물속에서 아직까지 나오지 못하고 있지는 않았을 거야."

태환은 허공을 향해 부적을 던졌다. 바닷바람에 부적이 좀 더 멀리 날아갔다. 빨간 부적이 노을에 물든 바다 위에 사뿐히 내려앉았다. 물 위에 떠 이리저리 흔들리는 부적을 보며 태환은 조용히 빌었다.

'내가 바라는 건 오직 하나. 부적이 윤지에게 가 닿길. 부디.'

태환이 남쪽 바다에서 돌아온 사흘 뒤, 시신 세 구가 추가로 발견되었다. 그중에 윤지가 있었다.

그날 저녁 8시 뉴스를 보면서 태환의 엄마가 말했다.

"하느님 아버지, 감사합니다. 내 기도를 들어주셨어. 내가 요즘 새벽 기도 다니며 세탁소집 딸 돌아오게 해 달라고 얼마나 빌었는데. 감사합니다, 하느님."

눈물을 흘리며 기도하는 엄마를 보며 태환은 생각했다.

'믿는 자에게 복이 있나니.'

4. 친구와 나누어 먹는 빵, 캉파뉴

빵을 들고 눈물을 뚝뚝 흘리던 그 아이, 윤지랑 같이 오곤 했다. 이기호는 그 남학생에게서 아무 말도 듣지 않았지만 알 수 있었다. 윤지가 그 배에 타고 있었구나. 흐느끼는 그 애를 다독여 주다가 어깨를 끌어안고 함께 울고 싶다는 생각을 했다. 눈을 동그랗게 뜨고 유리문 밖 광경을 보고 있는 하경의 얼굴을 보지 않았다면 그랬을지도 모른다.

남학생이 떠나가고 가게 안으로 들어갔을 때 하경은 보드의 먼지를 다 털어 내고 흑판에 뭔가를 적고 있었다.

빵 나오는 시간

8시. 크루아상, 캉파뉴

11시. 바게트

2시. 마들렌

"맞아요?"

하경이 물었다.

"어……. 그리고 12시 단팥빵."

말이 떨어지자마자 흑판에 써넣더니 하경은 보드를 들고 밖으로 나갔다.

그는 다시 작업실로 들어갔다. 세상에서 가장 아늑한 장소. 그곳에서 그는 잠시 영훈을 생각했다. 얼마 전 제자들과 함께 남쪽 섬으로 가는 배에 탄, 다시는 만날 수 없게 된 그의 유일한 친구.

영훈과는 중학생 때부터 단짝이었다. 그가 군대 가기 전에 보고 나서 연락이 끊어졌다가 칠 년 만에 다시 만났다. 삼 년 전 가게 문을 열고 나서 얼마 되지 않았을 때였다.

이기호는 빵집 오픈 준비를 하면서 몇 가지 원칙을 정했다. 가게 문은 아침 8시에 열고, 적당한 양의 빵을 만들어 다 팔리면 무조건 문을 닫자고 마음먹었다. 빵을 많이 만들어 다 팔릴 때까지 늦도록 영업하고 싶지는 않았다. 욕심 부리지 않고, 남은 시간은 메뉴를 개발하고 빵의 맛과 품질을 높이기 위해 쓰고 싶었다. 개점 준비하는 동안 도와주던 누나가 그 얘길 듣고는 혀를 차며 우려 섞인 잔소리를 했다. 빵집을 열기까지 누나가 많은 도움을 주었지만 다른 건 몰라도 그것만은 제 뜻대로 하고 싶었다.

그게 얼마나 이상적인 생각이었는지 알기까지는 오래 걸리지 않았다. 처음이라 많이 만들지도 않았는데 저녁때까지 빵은 절반도 팔리지 않았다. 조금만 더 조금만 더, 하다가 9시를 넘겼다. 문을 닫으려고 정리하는데 가게 문에 달아 놓은 종이 딸랑, 명랑하게 울렸다. 어찌나 반가웠는지 모른다.

누군가 문을 살짝 열고 몸을 반쯤 들이밀어 안을 둘러보았다. 안경을 쓰고, 덩치에 비해 머리가 지나치게 큰 남자였다. 눈이 마주치자 안으로 들어와 그를 향해 뚜벅뚜벅 걸어왔다.

"맞네."

그가 악수를 청하며 외쳤다.

"야, 이기호!"

벌쭉 웃을 때 드러난 삐뚤빼뚤한 앞니를 보고서야 이기호는 그를 알아보았다.

"영훈이?"

"그래, 짜식아."

"어쩐 일이야? 어떻게 알고?"

"똑같은 장소에 간판도 없는 빵집인데 안 들어와 볼 수가 있냐?"

영훈은 가게 안을 두리번거렸다.

"와, 뭔가 달라진 것도 같고 그대로인 것도 같고, 신기하네."

그렇게 느끼는 것도 당연했다. 인테리어를 바꾸었지만 예전 구조와 색을 유지했기 때문이다. 주방이 있던 곳엔 주방이, 계산대가 있던 곳에는 계산대가, 진열대가 있던 곳엔 진열대가, 테이블이 있던 곳에 테이블이 그대로 놓여 있었다. 모든 것을 싹 들어내고 바꾸었지만 전반적인 분위기와 구조는 그대로였다. 배치를 좀 바꿔 볼까도 생각했지만 아버지가 만들어 놓은 구조가 여러모로 완벽해서 원래대로 하는 게 어울렸고 편리할 거라는 결론을 내렸다.

"야아."

영훈은 믿기지 않는다는 표정이었다. 이기호 역시 그랬다.

"얼마 만이냐?"

"음……. 한 육칠 년 되지 않았냐?"

"벌써 그렇게 됐나?"

"그래 인마, 너 군대 가기 얼마 전이었잖아."

"맞다. 그때 너 술 처먹고 울었잖아."

"그랬냐?"

영훈이 검지로 코를 문지르며 겸연쩍어했다. 뭔가 생각나는 게 있나 보았다. 그는 그때보다 살이 좀 붙었고, 머리카락은 더 곱실거렸으며, 안경테가 투박한 검은색 뿔테에서 금속 테로 바뀌어 있었다. 이기호의 기억도 스웨터의 올이 풀리듯 술술 따라 나왔다.

"내가 군대 가는 게 섭섭해서 우는지 알았는데, 뭐 명왕성이 어쩌고 어째?"

"하하, 내가 그랬냐?"

"그런데 이 동네는 무슨 일로?"

"나 모교에서 애들 가르쳐."

영훈이 손가락으로 안경테를 올리며 말했다.

"정말?"

"응. 물리 교사."

"뜻밖인데? 야, 난 네가 나사 같은 데 있을 줄 알았다."

"나도 그럴 줄 알았지. 그런데 그게 쉽지 않더라구."

영훈이 사람 좋은 웃음을 지었다. 도수 높은 안경 렌즈 속에서 눈이 보이지 않는 것도, 헝클어진 털실 뭉치 같은 머리카락도 여전했다.

이기호는 고1 물리 시간에 영훈이 선생님에게 질문해서 한 시간 내내 논쟁을 벌이던 일이 떠올랐다. 내용은 정확히 기억나지 않았는데, 아마 우주의 기원에 관한 것이 아닌가 싶다. 그때 물리 선생님이 기습적인 질문을 받고 쩔쩔매던 것도 어렴풋이 떠올랐다. 수학과 과학에 관한 한 학교에서 영훈을 따라잡을 애는 아무도 없었다. 이기호는 영훈이 나사나 혹은 그 비슷한 연구소 같은 데서 일을 하게 될 거라 생각했다. 그런데 물리 교사라니. 그때 그 선생님이 안다면, 너도 똑같은 학생한테 한번 당해 봐라, 할 것 같았다.

"그런데 너야말로 여기서 뭐하는 거야? 어떻게 된 일이야? 난 네가 빵집을 물려받을 거라곤 생각도 못했다, 야. 소설가가 될 줄 알았는데. 서점 가면 네 이름 있는 책 있나 찾아보곤 했어."

"소설가? 되고 싶었지. 그런데 그게 쉽지 않더라구."

이기호도 영훈의 말투를 흉내 냈다.

이기호는 작가 지망생이었다. 학창 시절 수업 시간이면 공부는 뒷전이었고, 공책 뒷장에 끼적거린 이야기를 영훈에게 보여 주곤 했다. 영훈은 그가 쓴 글의 첫 번째이자 유일한 독자였다. 이기호는 성적에 맞춰 사회복지학과에 입학했지만 대학에 가서도 여전히 공부에는 관심이 없었다. 제대 후 복학하지 않고 집안에 틀어박혀 소설을 썼다. 가족이 응원하지 않았지만 상관하지 않았다. 중학교까지밖에 다니지 못한 아버지는 아들이 대학을 졸업하고 번듯한 직장에 들어가길 바랐다. 그도 아니면 빵집을 물려받았으면 했다. 하지만 그 당시 이기호는 글 쓰는 것 말고 다른 일에는 관심이 없었다. 더구나 빵을 만들 거라는 생각은 해 본 적이 없었다. 그런데 그는 아버지가 남긴 빵집에서 빵을 만들고 있고, 영훈은 다시 모교로 돌아와 아이들을 가르치고 있다는 거다.

영훈은 어린 이기호가 끄적거린 유치한 소설들을 누구보다 재미있게 읽어 주었다. 그리고 어른이 되어선 그가 만든 빵이 우주 최고라고 말해 주었다. 그 이야기가 진짜 재미있지도, 그 빵들이 정말로 우주 최고가 아니라는 걸, 그가 모를 리 없었다.

캉파뉴는 '동료'라는 뜻을 가진 빵이다. 함께 빵을 나누어 먹는 동료. 이제 그에겐 함께 빵을 나누어 먹을 동료가 없다. 영훈은 그의 유일한 친구였으니까. 조금 전 그 남학생도 함께 빵을 나누어 먹던 친구를 잃은 것이다.

'그 애는 더 이상 이곳에 오지 않겠지? 그래도 나는 계속 이 투박한 빵을 만들어야겠지?'

이기호가 주방에서 상념에 잠긴 동안 하경은 매장에서 빵을 진열하고 있었다. 가르쳐 주지 않았는데도 척척 잘했다.

5. 푸른 얼룩

냄새는 4교시부터 스멀스멀 교실 안으로 스며들기 시작했다. 반쯤 열어 놓은 복도 쪽 창문을 통해서인지, 어디에 있는지 알 수 없는 통풍구를 통해서인지, 교실 벽과 바닥 틈을 비집고 들어오는 것인지 몰라도 점점 강렬해졌다. 4교시가 반쯤 지났을 때 누군가 작은 소리로 말했다.

"오늘 점심 메뉴는 카레군."

그 애가 말하지 않았어도 코가 막힌 게 아니라면 누구도 모를 수 없는 냄새였다. 진아는 점점 속이 울렁거렸다.

수업 끝나는 종이 울리고 선생님이 교실에서 나가기도 전에 몇몇 아이들은 복도로 튀어 나갔다. 배고파 죽는 줄 알았어, 카레 좋아, 밥 광속으로 먹고 농구 한판 하자……. 이런 말들을 하면서 아이들은 하나 둘 교실을 나갔다.

진아는 책상에 엎드려서 팔로 코를 막았다. 그래도 냄새는 막

무가내로 진격해 왔다.

"이진아! 밥 먹으러 가자."

맨 뒷자리에 앉은 세영이 진아를 불렀다. 진아는 한 손을 들어 흔들며 말했다.

"안 먹을래. 잘래."

"다이어트 하냐?"

진아는 대답 대신 체육복을 머리에 뒤집어썼다.

세영이 또 뭐라고 했는데, 그 말은 체육복을 뚫지 못했다. 하지만 일 층 식당에서 올라오는 카레 냄새는 체육복도 뚫고 진아의 팔뚝도 뚫고 코로 들어왔다.

잠시 뒤 점심을 먹은 아이들이 몸에 그 징글징글한 냄새를 묻히고 하나 둘 교실로 들어왔다. 진아는 더 이상 참을 수가 없었다. 벌떡 일어나 교실을 나왔다. 아침도 먹지 않아 배가 고팠고 어지러웠다. 매점에 가서 뭐라도 먹어야 할 것 같았다. 덩치는 산만 한 남자아이들이 초등학생들처럼 장난을 치며 카레 냄새로 가득 찬 복도를 뛰어다녔다.

계단을 내려가려던 진아는 반대편에서 올라오는 태환을 보았다. 걸음을 멈추고 그대로 서 버렸다. 발이 움직이지 않았다. 태환은 고개를 숙이고 있어서 진아를 보지 못했다. 계단을 거의 다 올라와서야 진아를 알아보았다. 태환 역시 걸음을 멈추고 진아를 바라보았다. 둘은 아무 말 하지 않고 오래, 어쩌면 몇 초였을지 모르지만 진아에게는 억겁처럼 느껴지는 동안, 그렇게 서 있었다.

먼저 움직인 건 진아였다. 진아는 태환을 지나쳐 계단을 내려갔다. 슬리퍼를 신은 채 학교 앞 문구점에라도 가듯 운동장을 지나 교문을 지나 밖으로 나갔다. 그리고 그대로 집으로 갔다. 교실 책상에 교과서를 펴 놓고 가방도 그냥 둔 채로.

현관문을 열고 곧장 방으로 들어가 이불을 뒤집어쓰고 누웠다. 이불 속에서 진아는 생각했다. 태환을 보고 그냥 지나친 자신에 대해, 마찬가지로 아무 말 하지 않았던 태환에 대해. 그 이유를 모르지 않았다. 윤지에 대한 것 말고는 두 사람이 나눌 이야기 같은 건 없었다.

카레 냄새가 집까지 따라왔나 보았다. 이불에서도 교복에서도 냄새가 나는 것 같았다. 견딜 수 없었다. 교복을 벗다가 진아는 내내 잘 먹던 카레 냄새가 역하게 느껴지는 이 상황이 어쩐지 낯설지 않다는 생각이 들었다. 기억 하나가 떠올랐다.

중3 가을, 전학생으로 새 학교에 등교한 첫날이었다. 진아는 담임을 따라 교실로 들어가며 속으로 투덜거렸다. 학기 중에, 그것도 졸업까지 다섯 달이 채 남지 않은 때 전학 시키는 부모가 얼마나 될까? 이런저런 이유로 여러 번 전학을 했지만 첫날의 긴장감과 난감함은 도무지 익숙해지지 않았다.

교실 문이 열리자 육십여 개 눈동자가 일제히 담임이 아닌 자신을 향해 꽂히는 걸 느꼈다. 배 속이 울렁거렸다. 짧은 순간이었지만 서른 개 얼굴에 나타난 표정이 딱 두 가지라는 걸 알 수 있었다. 호기심과 무관심. 호기심보다는 무관심이 더 나았다. 호기심이 적대감으로 바뀌는 건 시간문제니까.

수업에 들어오는 선생님들은 친밀한 말투로 아이들과 자연스럽게 농담을 주고받았다. 아이들이 웃을 때 진아는 그들 사이에 오가는 기호를 이해할 수 없어 혼자 멀뚱하게 있었다. 선생님들은 수업 중에 진아와 시선이 마주치면 고개를 한 번씩 갸우뚱하며 물었다.

"전학생?"

그럴 때면 자신이 한 종류의 꽃으로 가지런히 심어 놓은 화단에 뜬금없이 날아와 꽃을 피운 잡초 같다는 생각이 들었다.

하지만 전학생에게 수업 시간쯤은 아무것도 아니었다. '세상에서 가장 곤혹스러운 순간'이라는 리스트를 만들 일이 있다면 단연 전학 간 첫날의 점심시간을 첫 번째에 올릴 것이다. 아는 애는 하나 없고, 배는 고프고, 그럼에도 점심 먹고 싶은 생각은 없고, 안 먹고 혼자 교실에 있는 건 더 청승맞아 보일 것 같고……. 그런 상황. 이러지도 저러지도 못하고 있는데, 담임의 명을 받은 반장이 진아를 급식실로 이끌었다.

반장 꽁무니를 따라가는데, 복도에 카레 냄새가 진동했다. 그 순간 속이 뒤집힐 듯 울렁거렸다. 좋아하진 않았지만 못 먹지는 않았는데, 카레 향을 그렇게 강렬하게 느끼긴 처음이었다. 급식실에 들어가자 식기 부딪치는 소리, 아이들의 웅성대는 말소리와 웃음소리, 의자 끄는 소리 등이 카레 냄새와 뒤섞여 진아를 덮쳤다. 멍한 상태로 반장이 이끄는 대로 줄을 서고 제 차례가 되자 식판에 음식을 담았다.

테이블에 앉다가 진아는 카레라이스가 담긴 식판을 놓치고 말았다. 식판이 테이블 모서리에 한번 부딪히고 바닥으로 곤두박질쳤다. 식판에 담긴 음식이 사방으로 튀었다. 주변에 있던 아이들은 소리를 지르며 생쥐 떼처럼 재빨리 달아났다. 음식물 세례를 받은 건 진아와 식당 바닥과 테이블 다리뿐이었다. 노란 소스가 튄 감색 교복 치마는 사진으로 찍어 놓으면 추상화가가 붓 터치한 캔버스로 보일 것도 같았다. 하지만 눈앞에 있는 그건 끔찍했다. 그날 처음 입은 새 교복이었다. 누구를 탓할 수도 없었다. 울고만 싶었다. 전학 첫날, 신고식을 단단히 했다.

그날의 기억 때문일까, 카레 향이 이토록 지독하게 느껴지는 건? 하지만 그 뒤에도 카레라이스를 여러 번 먹었지만 냄새 때문에 힘든 적은 없었다.

진아는 엉망이 된 바닥을 수습하고 화장실로 갔다. 손수건에 물을 묻혀 교복 치마를 닦고 있는데 뒤에서 누군가 말을 걸었다.

"그러면 번져서 더 끔찍해져. 이걸로 갈아입어."

어떤 아이가 진아에게 체육복을 내밀었다. 당연히 모르는 아이였다. 그날 진아가 교실에서 이야기를 나눈 아이는 옆자리에 앉은 짝뿐이었지만 얼굴도 기억나지 않았다. 유일하게 얼굴을 기억하는 아이는 식판을 엎은 당사자보다 더 당황해서 어쩔 줄 모르던 반장뿐이었다.

어찌 되었건 고마웠다. 진아는 기꺼이 그 애의 체육복을 받아 갈아입었다. 파란색 체육복 바지 허리춤에 흰색 실로 '하윤지'라는 이름이 단정한 궁서체로 표시되어 있었다.

수업을 마치고 운동장을 걸어 나오는데 바로 뒤에서 탁탁탁 발소리가 들렸다. 갑자기 누군가 진아가 들고 있던 쇼핑백을 낚아챘다. 하윤지였다. 쇼핑백 안에는 카레 소스로 더럽혀진 교복이 들어 있었다.

"야! 뭐하는 거야?"

하윤지는 달아나면서 진아에게 말했다.

"이거 찾고 싶으면 나 쫓아와."

진아는 쫓아갈 기운이 없었다. 힘겨운 하루였다. 점심도 먹지 못한 데다 진이 빠져 있었다. 오늘 일진이 왜 이럴까, 생각하니 화만 났다.

하윤지는 스무 발짝 정도 거리를 두고 앞서갔다. 자주 뒤를 돌아보면서 진아가 따라가고 있는지 확인했다. 둘 사이의 간격이 좁아지면 달리다가, 멀어지면 천천히 걸으며 일정한 거리를 유지했다. 윤지가 멈춘 곳은 학교에서 세 블록 떨어진 곳에 있는 아파트 상가 앞이었다. 윤지는 그곳에서 일부러 느릿느릿 걷는 진아를 기다리고 있었다. 진아가 가까이 갔을 때 상가 건물을 가리키며 말했다.

"저기 이 층 세탁소, 우리 엄마 아빠가 하는 데야. 이 옷이 저기 들어가면 금세 새것처럼 되어 나올 거야."

낡은 상가 건물에 통일성 없이 다닥다닥 붙어 있는 간판들 사이로 세탁소 간판이 보였다.

"그렇게 감동할 것까진 없어. 감사의 말은 이따 우리 아빠한테 하고, 여기서 잠깐 기다려."

윤지는 진아가 대꾸할 틈도 주지 않고 상가 안으로 들어갔다. 오 분 뒤 빨대가 꽂힌 요구르트 두 개를 양손에 들고 나타났다.

"두 시간쯤 걸린대. 배고프지 않냐? 우리 집 가서 뭐 좀 먹자."

윤지는 진아의 대답을 기다리지 않고 앞장서 걸었다. 진아 역시 아무런 대꾸도 하지 않고 요구르트를 쪽쪽 빨며 윤지를 따랐다.

윤지 집은 아파트 건너편에 있는 연립주택 사 층이었다. 현관문을 열고 들어가자 하얀 강아지 한 마리가 털을 휘날리며 달려와 윤지에게 안겼다.

"달콤아, 심심했지?"

윤지는 강아지를 끌어안고 정신없이 뽀뽀를 해 댔다. 강아지는 미친 듯이 꼬리를 흔들면서 분홍색 혀로 윤지 얼굴을 핥았다. 오랜 동안 헤어져 있던 연인들의 눈물겨운 상봉 장면 같았다. 윤지는 달콤인지 새콤인지 하는 강아지에게 밥을 주고 나서 부엌으로 갔다. 커다란 양푼에 밥을 담고 김치와 콩나물 무침, 고추장, 참기름을 넣고 비비기 시작했다.

진아는 식탁에 앉아 멍하니 그 모습을 지켜보았다.

"먹자."

윤지는 수저 두 개가 꽂힌 양푼을 진아 쪽으로 밀었다.

진아는 양푼을 물끄러미 보다가 윤지 쪽으로 다시 밀었다.

"김 가루."

"뭐?"

"양푼 비빔밥에 김 가루가 빠지면 안 되지."

윤지는 고개를 뒤로 젖히며 웃음을 터트렸다. 우하하하. 자그마한 몸집에 어울리지 않게 웃음소리 한 번 시원했다. 뜨거운 여름날 장대비가 쏟아지는 소리 같았다.

둘은 머리를 맞대고 김 가루 뿌린 비빔밥을 먹었다. 쩝쩝 소리를 내며 정신없이 먹었다. 진아는 윤지에게 고맙다는 말은 하지 않았다. 그날부터 둘은 졸업할 때까지 한시도 떨어지지 않고 찰싹 붙어 다녔다.

옷을 갈아입고 다시 침대로 갔다. 엄마 배 속에 있는 아기처럼 몸을 둥글게 말고 이불을 뒤집어썼다. 윤지 얼굴을 떠올려 보았지만 생각나지 않았다. 윤지를 처음 만난 날 일은 방금 본 드라마 속 장면처럼 생생하게 기억나는데 얼굴은 도무지 떠오르지 않았다. 어른들이 간혹 단어가 생각나지 않는다고 곤혹스러워하는 걸 본 적 있다. 엄마도 아빠도 할머니도 심심치 않게 그랬다. 알고 보면 너무나 뻔한 단어들이었다. '지갑'이라든지, '리모컨'이라든지, '후추'라든지, 혹은 무지 유명한 연예인 이름이라든지. 일종의 그런 걸까? 윤지를 알게 된 이후 거의 하루도 빼놓지 않고 얼굴을 보았는데, 못 본 지 얼마나 되었다고 얼굴이 생각나지 않는 걸까?

진아는 어디선가 읽은, 어쩌면 누군가에게서 들었을지 모를 문장이 떠올랐다.

'사람에게는 고통스러운 일은 기억에서 차단하고 행복한 일은 매 순간을 또렷하게 기억할 수 있는 능력이 있다고 한다.'

그게 사실이라면, 윤지가 내게 고통스러운 기억이라는 뜻인가?

'그렇지 않아. 그렇지 않아. 그렇지 않아.'

진아는 누군가에게 변명하듯 속으로 중얼거렸다.

진아는 윤지 장례식에 가지 않았다. 무서웠다. 처음 사고 소식을 들었을 때는 믿기지 않았고, 그 사실을 받아들여야 했을 때는 슬픔보다 두려움이 먼저 찾아왔다. 누군가 이유를 물으면 내가 겪은 최초의 죽음이었다고, 두려웠다고 변명할 생각은 없다. 그냥, 갈 수가 없었다. 윤지에 관해선, 슬픔이 아닌 엉뚱한 것들이 진아를 괴롭혔다. 오늘처럼 카레 냄새라든지, 태환이라든지.

태환을 알게 된 건 중학교 졸업을 앞둔 겨울방학 때였다. 진아와 윤지는 중학교 생활을 의미 있게 마무리하자는 뜻에서 집 근처 청소년 센터에서 하는 겨울방학 특강을 듣기로 했다. 빵을 좋아하는 윤지는 베이킹 강좌를 듣고 싶어 했다. 진아는 윤지와 함께라면 뭐든 상관없었다. 시에서 주관하는 청소년 대상 강좌는 수강료가 저렴하고 내용이 알차 인기가 많았다. 선착순으로 접수하기 때문에 수강 신청 하는 날이 시작되면 센터가 문을 열기도 전인 새벽부터 수강하려는 사람들이 길게 줄을 섰다. 진아와 윤지도 영하로 진입하는 날씨에도 불구하고 오리털 패딩에 뜨거운 보리차를 넣은 보온병까지 준비해 긴 대열에 합류했다. 새벽부터 바지런을 떤 결과 수강 신청에 성공했다.

수강 신청을 끝내고 둘은 도서관으로 갔다. 청소년 센터와 시립도서관은 쌍둥이처럼 똑같이 생긴 건물로 이 층의 구름다리로 연결되어 있다. 다른 건물로 가는 통로이자 휴게실인 구름다리 한쪽 벽에는 창문이 있고, 다른 쪽 벽에는 행사 안내문이나 신간 목록, 모임에 대한 정보 같은 걸 알리는 게시판이 있다. 두 사람이 그곳으로 들어갔을 때 한 남학생이 게시판에 뭔가를 붙이고 있었다.

윤지가 그 애를 가리키며 말했다.

"재, 우리 학교 앤데…… 뭘 붙이는 거지?"

그 애가 도서관 쪽으로 사라지자 윤지가 쪼르르 게시판으로 달려갔다.

〈시계를 찾습니다.〉

도서관 3층 남자 화장실에서 손을 씻고 나서 깜박 잊고 시계를 세면대에 두고 나왔습니다. 한 시간쯤 뒤에 생각나 가 보았더니 사라졌더군요. 분실물 보관소에도 가 보고 청소 아줌마에게도 물어보았는데 찾지 못했습니다. 할아버지에게 물려받은 무지 소중한 시계입니다. 혹시 습득하신 분은 연락 부탁드립니다. 학생이라 사례할 형편은 못 되지만 밥 한 끼 정도는 살 수 있습니다.

— 윤태환

게시물에는 시계 사진과 연락처가 첨부되어 있었다. 확대를 해 흐릿해져서인지 몰라도 시계는 굉장히 낡아 보였다.

진아와 윤지는 그걸 보고 동시에 말했다.

"나라면 이런 시계는 거저 줘도 안 차겠다."

"에고, 안됐네. 사연이 있는 건가 보다. 그런 건 꼭 찾아야 하는데."

앞의 것은 진아가, 뒤의 것은 윤지가 한 말이다. 그때만 해도 얼마 뒤 그 시계를 진아가 줍게 될 줄 몰랐다.

베이킹 수업을 듣는 첫날이었다. 겨울 날씨치곤 바람도 없고 햇살이 기분 좋게 따뜻했다. 청소년 센터 앞마당에는 작은 쉼터가 있고 그 옆에 농구 골대가 있다. 진아는 그 근처에서 윤지를 기다리고 있었다. 벤치에 앉았을 때 농구대 주변 바닥에 햇빛을 받아 반짝이는 게 있었다. 가까이 가서 보니 갈색이 된 잔디 사이에 시계가 떨어져 있었다. 까만 숫자판에 까만 금속 줄이 달린 시계였다. 낡고 촌스럽긴 했지만 왠지 진지해 보이는 물건이었다.

휴대폰을 꺼내 시간을 확인해 보았다. 2시 46분. 시곗바늘도 정확하게 그 시간을 가리키고 있었다. 시계를 귀에 대어 보았다. 째깍째깍. 초침이 씩씩하게 움직이고 있었다. 다시 보니 시계가 어쩐지 낯익었다.

그때 마침 윤지가 나타났다.

"뭐해?"

진아는 시계를 윤지에게 보여 주었다.

"여기서 주웠어."

"어? 그 시계잖아. 게시판에서 본 거."

그런 것도 같았다.

둘은 시계를 들고 게시판으로 가 보았다. 게시물은 여전히 그 자리에 붙어 있었다.

"똑같은 시계 맞지?"

진아가 게시물 사진 옆에 시계를 가까이 대며 물었다.

"싱크로율 백퍼."

시계 주인인 태환은 전화를 걸자마자 십 분도 안 되어서 나타났다.

셋은 같은 학교를 다녔고, 윤지와는 이웃사촌이었다. 그리고 얼마 뒤 진아와 같은 고등학교에 배정 받았다.

딩동 딩동 딩동 딩동.

시끄러워 죽겠어. 하지 마.

누군가 머릿속에 들어와 실로폰을 함부로 두드리는 것 같았다. 그만하라고 말하고 싶은데 목소리가 나오지 않았다. 잦아드나 했더니 소리가 또다시 들렸다.

딩동 딩동 딩동 딩동.

아무래도 꿈속인 것 같은데, 진아는 도무지 일어날 수가 없었다.

"진아야, 진아야."

엄마가 방문을 열었을 때 진아는 깨어 있었다.

"이거 뭐니? 이게 왜 현관 앞에 있어?"

엄마 손에 진아 가방이 들려 있었다.

“불도 안 켜고……. 뭐 했어? 잤어?”

“응.”

엄마가 불을 켜고 방으로 들어왔다.

“어디 아파? 땀 좀 봐.”

“안 아파. 졸려서 잤어.”

“이 더위에 이불을 뒤집어쓰고…….”

“몇 시야?”

“일곱 시 넘었어.”

엄마가 가방을 방바닥에 내려놓으며 말했다.

“가방하고 운동화가 왜 밖에 있는 거야? 너 진짜 괜찮아?”

“깜박했어.”

“얘가, 얘가…….”

“배고파.”

“얼른 밥 할게.”

엄마가 방에서 나간 뒤 진아는 이불을 걷어 내고 침대에서 내려왔다. 침대 시트와 베개, 티셔츠가 땀에 젖어 축축했다. 머리카락도 흠뻑 젖어 있었다. 샤워를 해야 할 것 같았다. 속옷을 꺼내다가 서랍장 옆에 있는 가방을 보았다. 앞주머니 지퍼가 반쯤 열려 있었다. 그 사이로 공책을 찢어 두 번 접은 종이가 보였다. 종이를 꺼내 펴 보았다.

뭥미? 쌤들한텐 보건실 갔다고 했어.—세영

진아는 종이를 다시 접어 가방에다 찔러 넣었다. 베이지 색 캔버스 천으로 된 가방은 군데군데 때가 껴 있었다. 가방을 사고 나서 한 번도 빨지 않았기 때문이다. 아래쪽 귀퉁이에는 동전 크기의 푸른색 얼룩마저 있었다. 진아는 손가락으로 가만히 그 얼룩을 만져 보았다. 입는 것, 먹는 것, 거의 모든 것에 꾀까다롭고 깔끔 떠는 진아가 얼룩 있는 가방을 계속 가지고 다니는 데에는 이유가 있었다. 사연 있는 물건은 버릴 수가 없기 때문이다. 이제는 더욱더 버릴 수 없게 되었다.

고등학교 입학을 앞두고 진아와 윤지는 똑같은 가방을 샀다. 같은 학교에 배정 받지 못한 걸 아쉬워하며 둘만의 우정을 드러낼 수 있는 뭔가를 하고 싶었다. 좀 유치하긴 했지만 막 연애를 시작한 커플처럼 늘 갖고 다니는 물건을 똑같은 것으로 사기로 했다. 그렇게 산 가방에, 공교롭게 일부러 만든 것처럼 비슷한 얼룩까지 생겼다.

고등학생이 되어 첫 번째 전국모의고사를 치른 날이었다. 둘은 학교가 파하자마자 각자의 학교 중간에 있는 맥도날드에서 만났다. 가채점한 시험지를 가운데 놓고 누가 먼저랄 것도 없이 땅이 꺼지게 한숨을 쉬었다.

"이 성적으로 인서울 가능할까?"

"수도권도 불가능할걸."

"그렇구나."

다시 한 번 둘이 동시에 한숨을 내쉬었다.

그때 윤지 전화에서 문자 수신음이 들렸다.

"울 엄마, 시험 잘 봤냐고 묻는다."

윤지가 시험지를 착착 접으면서 말했다.

"걍 잘 봤다고 해. 나중에 성적표 나오면 밀려 썼다고 하고."

"맞아. 수능 본 것도 아닌데, 우리 왜 이러고 있냐? 다음 시험 잘 보면 되지. 그치? 뭐나 먹자. 배고파."

"근데 시험도 못 봐 놓고 배는 왜 고플까?"

"내 말이."

둘은 빅맥과 프렌치프라이와 와플콘까지 사서 단숨에 먹어 치웠다.

"야, 우리 지금 먹은 거 다 합치면 천 칼로리가 넘어."

진아는 휴대폰으로 검색한 내용을 윤지에게 보여 주었다.

두 사람이 걸그룹 같은 몸매를 만들어 보자고 다이어트를 시작한 게 불과 이 주 전이었다.

"시험도 망치고 다이어트도 망치고…… 안 되겠다. 칼로리 소비하러 가자."

윤지 말이 노래방에 가자는 뜻이라는 건 설명할 필요가 없었다. 둘은 발딱 일어나 바로 위층에 있는 노래방으로 갔다. 빅뱅과 엑소와 샤이니와 씨엔블루의 곡들을 넘나들며, 노래라기보다 발광을 하는 동안 두 개의 가방은 노래방 소파 한구석에 다정하게 붙어 앉아 광란의 공연을 지켜보고 있었다. 그때 윤지 필통에서 빠져나간 파란색 수성펜이 가방 바닥에서 굴러다니다가 모자를 벗고 헤드뱅잉을 시도했나 보았다. 잉크를 머금은 심이 가방에 닿아 파란 영역을 넓혀 가다 진아 가방에까지 침투했다. 윤지 것에는 오른쪽 귀퉁이에, 진아 것에는 왼쪽 귀퉁이에 동전만 한 얼룩이 생겼다. 데칼코마니처럼.

윤지는 그 얼룩을 지우지 말자고 했다.

"이걸 볼 때마다 오늘 노래방에서 논 게 생각날 거야. 시험은 죽 쒔지만 죽여주게 재밌었잖아. 기념으로 놔두자, 이 얼룩."

일 년 뒤 자신이 영영 사라지게 될 걸 예견했던 걸까? 윤지 말대로 진아는 가방의 푸른 얼룩을 볼 때마다 그날을 생각한다.

얼룩이 더 크고 더 진한 윤지 가방은 지금 바닷속을 떠돌고 있을 것이다. 얼룩은 바닷물에 씻겨 흔적도 없이 사라졌을지도 모른다. 어쩌면 윤지 가방은 오백 년이나 천년 뒤 한 어부에게 발견되어 박물관에 전시될 수도 있을 것이다.

엄마는 외출복도 벗지 않고 채소를 씻고 있었다. 진아는 냉장고에서 차가운 보리차를 꺼내 연거푸 세 컵을 마셨다. 꿀꺽, 꿀꺽. 목으로 물 넘어가는 소리가 요란했다.

엄마가 말했다.

"배 많이 고프면 우선 빵이라도 조금 먹고 있어. 골목 입구에 있는 빵집 있잖아. 그 주인이 너 갖다 주라고 하더라. 마들렌? 네가 그거 좋아한다며?"

식탁에 '빵'의 종이봉투가 보였다. 윤지가 떠나고 그곳에 한 번도 가지 않았다.

진아는 식탁 위에 놓인, 아주 익숙한 봉투에서 고개를 돌렸다. 낮에 학교 계단에서 태환을 보고 외면했듯이.

"괜찮아. 샤워할게."

욕실에 들어가 옷을 벗다가 거울을 보았다. 거울 속 진아 가슴에 얼룩이 있었다. 동전만 한 푸른 얼룩이었다.

6. 기억을 불러일으키는 맛, 마들렌

유독 손님이 없는 날이었다. 다른 날보다 두 시간이나 늦게 가게 문을 닫았다. 이기호는 하경에게 먼저 들어가라고 하고 혼자서 천천히 매장을 정리했다. 이르면 서너 시, 대개는 다섯 시 전이면 빵이 다 팔리곤 했다. 하지만 오늘은 여섯 시가 될 때까지 빵이 서너 종류 남았다. 많으면 푸드 뱅크에 보내면 되는데 그러기엔 또 애매했다. 남은 걸 싸 들고 모처럼 조카들에게나 가봐야겠다고 생각하며 정리하던 참이었다.

"웬일로 아직 문을 안 닫았네요? 이 시간이면 늘 닫혀 있던데."

한 아주머니가 벌컥 문을 열고 가게 안으로 들어왔다. 누구더라? 낯익은 얼굴…… 정확하게 기억나지 않았다.

"네, 막 닫으려던 참이에요."

"아, 그래도 다행이다. 남은 게 있나요?"

"몇 개 되지 않네요."

"많으면 더 헷갈려요. 난 뭐가 맛있는지 잘 몰라요. 우리 딸은 이 집 단골일걸요?"

이기호는 그제야 아주머니가 누구인지 기억해 냈다.

"진아 어머니시죠?"

"네, 맞아요. 아시네. 단골 맞네, 우리 딸이. 아, 그러고 보니 우리 애 빵 선생님이셨죠?"

이기호는 순간 가슴을 쓸어내렸다. 진아와 윤지는 단골 그 이상이다. 윤지에게 무슨 일이 벌어졌는지 알고는 혹시나 하던 차였다. 한동안 진아도 보이지 않았다. 엄마가 이렇게 명랑한 목소리로 딸이 먹을 빵을 사러 왔다면 적어도 진아에겐 별일이 없는 것일 테다. 문득 진아가 마들렌을 자주 사 가곤 했다는 생각이 났다. 그는 남은 마들렌을 몽땅 봉투에 담아 진아 엄마에게 건넸다.

"진아가 마들렌을 좋아해요. 이거 갖다 주세요. 선물이에요."

진아 엄마는 어리둥절해했다. 하지만 거절은 하지 않았다.

그가 윤지와 진아를 알게 된 건 일 년 반쯤 전이었다. 겨울이었다. 근처 청소년 센터에서 학생들을 대상으로 베이킹 강좌를 했을 때다. 그 일을 하게 된 건 영훈 때문이었다.

어느 날 영훈이 소연을 가게로 데리고 왔다. 여자친구라고 했다. 영훈이 모교로 지원한 게 오래도록 짝사랑한 소연 때문이라는 걸 나중에야 알게 되었다. 로맨스와는 한참 멀게 생긴 녀석이 그런 순애보를 간직하고 있을 줄이야.

소연은 근처 청소년 센터에서 상담사로 일하고 있었다. 직업에 대한 선입견 때문인지 처음에는 어쩐지 대하기 어려웠지만 영훈과 함께 자주 어울리다 보니 금세 가까워졌다. 보기와 달리 털털하고, 엉뚱한 면도 많은 사람이었다.

하루는 그녀가 대낮에 혼자 빵집에 왔다. 이기호는 영훈과 동석하지 않고 소연을 만난 적이 없어 웬일인가 싶었다. 그녀는 들고 온 자그마한 화분을 내밀며 말했다.

"뇌물이에요."

이기호는 당황했던지 바보 같은 표정을 지었던지, 그랬을 것이다. 그녀는 그의 표정을 보고 재미있어했다. 그러곤 크루아상과 카푸치노를 주문하고 창가 자리로 가서 앉았다.

얼결에 받아 든 화분을 어찌해야 할지 몰라 보물단지처럼 든 채 그가 물었다.

"점심인가요?"

"아니요, 간식이에요."

"네에."

그가 어정쩡한 자세로 주방으로 가는데 그녀가 말했다.

"행운목이에요."

"네?"

"그 나무 이름이 행운목이라고요. 나무에 꽃이 피면 행운이 온대요. 그 말은, 꽃을 피우는 게 몹시 어렵다는 거죠. 거기 카운터 한쪽에 놓으면 좋을 것 같네요."

아기 고양이보다 작은 화분 하나를 들고 쩔쩔매는 게 어이없었던지, 그녀는 친절하게도 화분 놓을 장소까지 조언했다.

소연은 크루아상과 카푸치노를 다 먹은 뒤 작업실에 있는 그를 손짓해 불렀다. 할 얘기가 있다고 했다.

"사실 기호 씨한테 부탁할 거 있어서 왔어요. 뇌물까지 들고요. 그러니 거절하지 말아 주세요."

"무슨 부탁일지 떨리네요. 태어나서 뇌물은 처음 받아 봐요."

소연은 양 입꼬리를 살짝 올리고 조금 뜸을 들이더니 말했다.

"음…… 청소년 센터에서요, 겨울방학에 직업과 관련된 강좌를 준비하고 있어요. 강사가 단순히 직업을 소개하고 경험담을 들려주는 성의 없는 강의가 아니에요. 청소년들이 직접 체험해 보는 커리큘럼을 짜서 진행할 예정이에요. 기호 씨가 베이킹 강좌를 맡아 주시면 어때요?"

"제가 무슨……."

이기호는 소연의 말이 끝나기도 전에 허허허 웃었다. 제 깜냥에 무슨 강사냐 싶었다.

빵집을 열고 나서 채 일 년도 되지 않았을 때였다. 장사도 그냥 그랬고 빵을 만들면서도 이래저래 실수 연발이었다. 제 앞가

림도 못하면서 자라나는 새싹들 앞에서 제빵사가 어떻네, 빵은 이렇게 만드는 거네, 떠벌릴 만큼 뻔뻔하지 않았다.

"못 들은 걸로 할게요."

이기호가 자리에서 일어나려고 하자 소연이 외쳤다.

"행운목 받았잖아요. 들어줘야 해요. 그러지 않으면 불행이 찾아온다고요. 그래도 괜찮단 말이죠?"

귀여운 협박이었다.

자신 없다고 버텼지만 영훈까지 가세해서 그를 설득했다.

어릴 때부터 한고집 하던 그였지만 어느 순간부터 남의 충고나 조언을 단번에 거절하지 못하게 되었다. 자신의 판단력을 믿지 못하게 되어서일 것이다. 그리고 어떤 결정을 할 때 남의 의견도 받아들일 줄 아는 건 성숙한 태도라고 생각하기 시작할 즈음이었다. 더구나 그 사람이 자기에게 애정을 갖고 있다는 걸 알고 있으니. 그래서 덜컥 하겠다고 말해 버렸다. 하지만 그러고 나서도 다음 날 못하겠다고 전화하고, 격려의 말을 듣고 다시 해보기로 하고, 하룻밤 자고 나니 다시 자신이 없어지고……. 그렇게 혼자서 생난리를 치다가 결국 맡은 것이다.

수업 첫날, 이기호는 잔뜩 긴장해서 조리실에 들어갔다.

"꺄!"

누군가 괴상한 소리를 질렀다.

아이들이 소리 난 쪽으로 일제히 고개를 돌렸다.

"우리 동네 빵집 아저씨라서, 너무 반가워서, 나도 모르게……."

그 아이는 모두의 시선이 자기에게로 향하자 민망했는지 손으로 입을 가리고 웃으며 테이블에 엎드려 버렸다. 조리실 안이 웃음바다가 되었다. 덕분에 그의 긴장도 웃음소리에 녹아 버렸다.

그 아이가 진아였다. 빵집 근처에 사는 진아는 종종 가게에 와서 빵을 산 적 있나 보았다. 그는 매장보다는 작업실에 있을 때가 많았고, 손님들의 얼굴을 자세히 보지 않았기에 기억하지 못했다. 하지만 자신을 알고 있는 누군가 그 공간에 있다는 게 은근 힘이 되었다.

그는 용기를 내서 말했다.

"저 학생이 내 소개를 대신 해 주었네요. 방금 들었다시피 나는 우리 동네 빵집 아저씨예요. 오늘부터 팔 주 동안 여러분은 빵집 아저씨가 어떤 일을 하는지, 함께 체험해 볼 겁니다."

그는 유쾌하게 아이들에게 자신을 소개했다. 사실 첫인사를 어떻게 해야 하나 여간 고민한 게 아니었다. 밤새 생각해 둔 엄숙한 대사는 휙 던져 버렸다. 시작이 좋았다. 진아 덕이었다.

아이들 열다섯 명 가운데 윤지와 진아가 수업에 가장 적극적이었다. 잘 웃고 질문도 많이 했다.

아이들과 이야기를 나누고, 빵을 만들고, 사진을 찍고, 만든 빵을 나누어 먹었다. 한 계절이 휙 지나갔다. 재미있고 행복하게.

그즈음부터 마법 같은 일이 벌어졌다. 그는 하루하루가 즐거웠다. 아버지에 대한 의리나 의무에서가 아니라 스스로 기껍게 빵을 만들기 시작한 게 그때부터였을 것이다. 가게를 찾는 손님도 많아졌다. 방과 후에 재잘거리며 몰려드는 아이들을 보는 것도 또 다른 기쁨이었다. 이름 없는 작은 빵집이 동네 뒷골목에 제대로 자리 잡기 시작한 건 그때부터였다. 소연은 그게 다 행운목 덕이라는 말을 잊지 않았다.

7. 밀가루 반죽 테라피

에스컬레이터가 반쯤 내려왔을 때 승강장으로 열차가 들어온다는 안내 방송이 들렸다. 에스컬레이터에 서 있던 사람들이 일제히 내달렸다. 하경도 달렸다. 다음 걸 타도 상관없지만 뒷사람들에게 떠밀려 어쩔 수 없었다. 하경이 열차 안으로 몸을 욱여넣자 문이 닫혔다. 열차는 바로 출발하지 않았다. 출입문이 몇 번이나 열렸다 닫혔다 용을 쓴 뒤에야 쉬익 소리를 내며 간신히 출발했다.

아침 시간의 지옥철을 타기 시작한 지 어느새 석 달이 훌쩍 넘었다. 처음에는 이른 아침부터 치열하게 달리는 사람들 사이에 섞여 있는 자신이 살짝 대견스러웠다. 그들처럼 삶의 한가운데서 열심히 살아가고 있는 것 같았다. 하지만 요즘 들어 힘겹다는 생각이 조금씩 들기 시작했다.

열차가 중심지를 벗어나면서 빈자리가 하나 둘 생겼다. 역 하나를 통과할 때마다 사람들이 뭉텅뭉텅 빠져나갔다. 그래도 오늘은 운이 좋았다. 뒷사람이 하도 밀어 대는 바람에 안쪽으로 떠밀려 들어가게 되었다. 세 정거장 갔을 때 바로 앞자리에 앉아 있던 사람이 내려서 일찌감치 자리에 앉을 수 있었다. 앉자마자 하경도 다른 사람들처럼 스마트폰을 들여다보았다. 언제나처럼 포털 사이트에 뜬 뉴스와 기사를 한번 훑고 별게 없으면 요즘 꽂혀 있는 웹툰을 볼 생각이었다.

여당 국회의원의 비리, 한국인의 짜게 먹는 식습관, 연휴 동안의 인천공항 풍경, 아이돌 가수의 열애설. 어제와 다를 바 없는 기사들뿐이었다. 화면을 넘기려던 하경의 손가락이 멈칫했다.

군 의문사.

그 단어를 보자마자 가슴속에서 뭔가가 심장을 할퀴는 것 같았다. 잠깐 망설이다 기사를 클릭했다. 군에서 목숨을 잃은 군인 유가족들이 국방부 건물 앞에서 시위를 했다는 짧은 기사였다. 기사 밑에 링크되어 있는 동영상을 터치했다. 갑자기, 팝업북처럼 화면에서 아빠와 닮은 사람의 얼굴이 튀어나왔다. 하경은 말 그대로 화들짝 놀라 저절로 몸을 뒤로 뺐다. 몇 번 눈을 깜박인 뒤 다시 화면을 들여다보았다. 얼굴만 닮은 게 아니었다. 이어폰을 통해 들려오는 목소리까지 아빠와 똑같았다. 동영상 속에서 인터뷰하는 사람 이름이 자막에 나왔다.

―군 의문사 유가족 모임 대표 전수철

아빠였다. 앞의 타이틀은 몰라도 이름과 얼굴과 목소리는 아빠가 분명했다.

'아빠가 왜?'

가슴속에서 뭔가가 심장을 뻥뻥 차는 것 같았다. 견딜 수 없이 아팠다.

"저는 군대에 아들을 보낸 죄인입니다."

아빠가 말했다. 그러고는 더 이상 말을 잇지 못했다. 얼굴을 일그러뜨렸다. 주름진 얼굴에 눈물이 흘러내렸다. 하경의 기억 속 아빠는 화내고 소리 지르는 모습뿐이었다. 오빠가 떠난 뒤로는 얼굴을 마주한 적 없어 그마저도 보지 않게 되었다. 아빠와 마주치지 않으려고 내내 피해 다녔다.

갑자기 눈물이 흘렀다. 걷잡을 수 없이 쏟아졌다. 훌쩍거리는 소리에 고개를 돌려 하경을 본 옆자리 아주머니가 휴지를 건네주었다. 비닐 포장지에 들어 있던 휴지를 다 써 버리고도 고맙다는 말 한마디 하지 않았다는 걸, 열차에서 내리고 나서야 알아챘다.

출근해서 한 시간도 안 돼 진열하려던 빵을 바닥에 떨어트리고, 손님에게 거스름돈을 잘못 주고, 컵을 깼다. '빵'에서 일한 뒤 최악의 날이었다. 깨진 유리 조각을 쓸어 담다가 주저앉아 울고 말았다. 깨진 건 컵뿐이 아니었다. 하경의 마음도 바닥에 널린 유리 조각 같았다.

"하경아, 우리 커피 한잔 마실래?"

주방에서 사장님 목소리가 들려왔다.

"네."

하경이 발딱 일어났다.

주방에서 다시 들려온 목소리.

"내가 만들어. 다 되면 부를게."

잠시 뒤 가게 주인은 주방에서, 알바생은 카운터 뒤에서, 각자 선 채로 머그컵에 담긴 커피를 홀짝였다. 서로 보지도 않고 아무 말도 하지 않은 채로. 커피를 마시는 동안 손님 둘이 다녀갔다. 하경이 주방으로 들어가 개수대에서 컵을 씻고 있는데 작업실에서 목소리가 들렸다.

"이리 와 볼래?"

하경이 다가가자 사장님이 작업대를 가리키며 말했다.

"반죽 한번 해 봐."

작업대 위에는 허연 밀가루 덩어리가 놓여 있었다.

"기분이 나아질지도 몰라."

사장님이 무심하게 말했다.

"부드러워질 때까지 마구 주무르고 치대면 돼. 이렇게."

그가 시범을 보였다.

이제껏 하경은 주방 안에서 빵이 어떻게 만들어지는지 통 관심이 없었다. 이기호 역시 하경에게 주방 일을 도와 달라거나 뭘 시킨 적이 없었다. 원체 말이 없는 사람이기도 했고, 혼자 감당하지 못할 정도로 빵을 많이 만들지도 않았다.

하경은 설명해 준 대로 반죽을 치댔다. 여전히 머릿속은 어질러진 서랍 속 같았고, 가슴속에선 누군가 심장을 꼬집는 것 같았다. 뭐라도 하고 싶었다. 그게 뭐가 됐든. 처음엔 뻣뻣하고 단단하던 반죽 덩어리가 손안에서 비명을 지르며 날뛰는 것 같더니 서서히 얌전해지고 부드러워졌다. 그러는 동안 하경의 머릿속에선 동영상에서 본 아빠 얼굴이 재생되었다.

하경의 오빠 윤석은 일 년 전, 군대에 간 뒤 돌아오지 못했다. 군은 윤석이 스스로 목숨을 끊었다고 전했다. 그 뒤 하경은 아빠와 말을 하지 않았다. 얼굴조차 마주하려 하지 않았다. 학교에도 가지 않았다. 그렇게라도 아빠에게 벌을 주고 싶었다. 오빠가 어처구니없이 죽은 게 아빠 잘못은 아니지만 아빠 때문이라고 생각했다.

오빠는 사진작가가 되고 싶어 했다. 중학교 때 집에서 굴러다니던 낡은 카메라를 찾아내 놀이처럼 사진을 찍기 시작하더니 카메라를 손에서 놓지 않았다. 조용하고 내성적이어서 방구석에서 책을 읽거나 공부만 하던 오빠가 사진기를 갖게 되면서부터 바깥으로 나가기 시작했다. 다른 애들이 게임을 하거나 운동을 하며 놀 때 피시방이나 농구장에서 그 애들의 모습을 사진기에 담았다.

하경은 오빠에게 친구가 많지 않다는 걸 알고 있었다. 그런데 그 당시 오빠가 찍은 사진 속에는 오빠와 같은 반 친구들이 거의 다 들어 있었다. 그들과 몸을 부딪치고 이야기 나누지는 않았을 테지만 다정한 시선으로 카메라에 담아 놓았다. 카메라 하나로 많은 사람들을 자신의 세계 속으로 끌어들였던 거다. 오빠는 그런 식으로 세상과 관계를 맺고 있었다.

오빠는 고등학교에 들어가서 사진 동아리에 들어갔다. 용돈을 모아 DSLR을 사서 주말마다, 혹은 방학이 되면 여기저기 다니며 사진을 찍었다. 그때부터 아빠와 갈등이 시작되었다. 아빠는 오빠가 공부를 등한시하고 나돌아 다닌다고 못마땅해했다. 아들이 어떤 사진을 찍는지 관심을 기울인 적도 없으면서 그랬다. 사실 가족 누구도 관심 갖지 않았다. 그저 풍경이나 꽃 같은 걸 찍겠거니 생각했다. 사람들 대부분이 신기하거나 아름다운 것을 보면 휴대폰을 들어 사진으로 남기는 것처럼. 그나마 하경이 조금이라도 관심을 가졌던 건 이따금 오빠가 자신의 모습을 찍어 보여 주었기 때문이다.

하경은 오빠가 찍은 사진 속 자신이 마음에 들었다. 실제 모습보다 더 예쁘진 않았지만 어딘지 특별하게 보였기 때문이다. 하경의 어휘력으로는 그 느낌을 제대로 표현하기 어려웠다. 사진 속 하경은 실제 자신보다 더 자기다워 보였다. 말이 안 되는 말이라는 건 알지만, 아무튼 그랬다.

윤석은 고2 때 카메라 회사에서 주최하는 아마추어 사진 공모전에서 수상을 했다. 카메라 회사 사옥 일 층에 있는 갤러리에 수상작을 전시해 놓았다고 해서 온 가족이 보러 갔다. 수상자 중 고등학생은 윤석뿐이었다. 하경은 오빠가 다시 보였다. 살짝 샘도 났다. 오빠는 늘 부모님을 기쁘게 하는 아들이었다. 존재 자체가 부모의 자부심이었다. 하경은 죽었다 깨어도 될 수 없는 인간형. 그런데 그날 집에 돌아오자마자 아빠가 오빠에게서 사진기를 빼앗았다. 당사자는 물론이고 엄마도 하경도 예상하지 못한 일이었다. '장하다, 내 새끼' 하며 엉덩이를 두드려 주지는 못할망정.

"이제 그만해라."

아빠는 딱 한마디만 하고 오빠의 카메라를 들고 방으로 들어가 버렸다.

오빠 얼굴이 벌게지고 이마에 힘줄이 툭 불거졌다. 좀처럼 화를 내지 않고, 화가 나도 표정이 별로 달라지지 않는 아들이었기에 가장 당황한 건 엄마였다. 엄마는 오빠 어깨를 다독이며 눈을 찡긋거렸다. 닫힌 안방 문을 향해 아빠 들으라는 듯이 큰 소리로 말했다.

"이제 곧 고3이잖아. 아빠 말은, 대학부터 가야 하니까 그만하면 됐다는 말이야. 사진은 대학 가서 다시 취미로 하면 되잖아."

엄마 말은 오빠에게 별 위안이 되지 못했다. 오빠 역시 아빠처럼 제 방으로 들어가 방문을 쾅 닫았다. 그리고 잠시 뒤 방 안에서 "으아아악!" 하는 괴성이 들려왔다. 그때까지 들어 본 오빠의 가장 큰 목소리였다.

두 고집쟁이 남자 사이에서 엄마는 한동안 마음고생을 해야 했다.

하경의 아빠는 자동차 타이어 대리점을 운영했다. 아빠는 가족을 등한시한 적도 없고 특별히 엄하지도 않았지만 그렇게 다정하지도 않았다. 하경은 늘 뭔가 못마땅해 보이는 아빠의 표정이 못마땅했다. 아빠가 술에 취해 들어오는 날이면 하경 남매는 자다 불려 나와 신세 타령과 훈화를 들어야 했다.

"너희들은 나처럼 살아선 안 돼. 그럴듯한 직업을 가져야 한다. 푼돈 쓰면서 왕처럼 행세하는 사람이 아니라 진짜 힘 있는 사람이 되어야 해."

아빠는 고장 난 녹음기처럼 이 말을 반복하고 반복했다.

사실 하경은 주정이려니 하고 아빠 말을 귀담아듣지 않았다. 아빠가 말할 때 늘 졸았다. 그런데 요즘은 가끔 생각해 본다. 그럴듯한 직업은 뭐며, 진짜 힘 있는 사람이란 어떤 사람일까? 하경은 아빠 말이 이해되지 않는다. 아빠 직업이 그럴듯하지 않다고 생각한 적이 한 번도 없었다. 타이어 파는 사람이 아니라 자동차 파는 사람이면 좀 더 그럴듯한가? 아빠는 오빠가 법대나 경영대에 들어가길 바랐다. 아마 힘 있는 사람이 되려면 일단은 그런 공부를 해야만 하는가 보다. 어떤 종류의 힘인지는 모르겠지만.

카메라를 빼앗긴 뒤 오빠는 미처 챙겨 먹지 못한 사춘기 의례라도 치르듯 엄청 까칠하고 유치하게 굴었다. 하지만 곧 원래 모습으로 돌아갔다. 말이 더 없어졌을 뿐 열심히 공부하는 것 같았다. 아니 모두 그러는 줄 알았다. 수능 본 날, 하경이 오빠에게 물었다.

"시험은 잘 본 거야?"

"아니. 하지만 대학에는 붙을 것 같아."

오빠는 수상 경력으로 수시에 지원해 사진학과에 장학생으로 합격했다. 합격 소식을 들었을 때 오빠 얼굴을 아직도 기억한다. 세상 부러울 게 하나도 없다는 표정이었다. 하지만 그날 이후 다시는 그런 표정을 보지 못했다.

오빠는 애초에 아빠가 세워 놓은 계획을 따를 생각이 없었다. 그런데 아빠 또한 아들이 세워 놓은 인생 계획을 인정할 생각이 없었다. 아빠는 아들에게 1학기 마치고 휴학하고 다시 수능을 보라고 했다. 오빠는 휴학을 했다. 하지만 아빠 말을 듣기 위한 건 아니었다. 오빠는 여행을 떠났다가 넉 달 만에 돌아왔다. 아빠는 발로 엉덩이를 차듯이 억지로 군대에 지원하게 했다. 그게 마지막이었다. 입대하고 육 개월도 되지 않아 윤석은 군대에서 스스로 목숨을 끊었다.

이기호가 하경이 주무르던 반죽을 쿡 찔러 보더니 말했다.

"어우, 잘하는데? 소질 있나 봐."

충분히 부드러워진 반죽 덩어리는 작업대 위에서 나른하게 누워 휴식을 취하고 있는 것처럼 보였다.

하경은 반죽을 한 번 더 만지작거렸다. 부드러워진 반죽에서 온기가 느껴졌다. 누군가의 따스한 손을 잡은 것 같았다. 사장님 말대로 아침보다 기분이 좀 나아졌다.

"이제 이건 발효되게 놔두고, 가서 점심 먹고 와."

그러고 보니 배가 고팠다. 하경은 앞치마를 벗어 돌돌 말아서 카운터 뒤 테이블에 올려놓고 가게를 나섰다. 하경이 점심을 먹으러 가는 곳은 가게 위층이다. 점심을 차려 놓고 기다리는 사람은 사장님의 노모. 하경이 이곳에서 일하기 전에는 할머니가 빵집 매장에서 일했다고 들었다. 무릎이 좋지 않아 거의 집에만 있는 할머니는 늘 좀 슬퍼 보였다.

할머니는 답답함을 음식 만드는 걸로 푸는 것 같았다. 하루 종일 집 안에서 뭔가를 만들었다. 그 덕에 하경이 이곳에서 끼니를 해결하긴 하지만 사장님은 골치가 아픈가 보았다. 두 식구가 먹을 수도 없을 만큼 음식을 많이 만들어 대는 통에 냉장고가 미어터진다고 했다.

이 층에 올라가니 현관문이 빼꼼 열려 있었다. 하경은 열린 문틈에 대고 큰 소리로 외쳤다. 할머니는 귀도 좀 좋지 않다.

"할머니, 하경이에요. 점심 먹으러 왔어요."

"어여 들어와."

문을 여니 집 안에 멸치 육수 냄새가 가득했다. 공기 중에 멸치의 영혼이 떠다닐 것만 같았다.

"칼국수 좋아하나?"

"네, 좋아해요."

하경에겐 이곳에서 할머니가 해 주는 음식이 그날의 첫 번째 식사다. 하경은 부모님과 함께 식사한 지가 언제인지 기억도 나지 않았다. 배가 고파 이것저것 가릴 처지 아니지만 칼국수를 좋아하는 건 사실이다.

"잘됐네. 어서 앉아."

그릇을 반쯤 비웠을 때 할머니가 젓가락을 내려놓고 하경을 물끄러미 바라보았다.

"형제가 어떻게 된다고 했지?"

기력과 청력뿐 아니라 기억력에도 살짝 문제가 있는 할머니.

벌써 몇 번째 묻는 건지 모른다. 처음 이 질문을 받았을 땐, 대답할 수 없었다. 있다고 해야 하나 없다고 해야 하나? 그런 질문을 받게 될 줄 생각도 못했다. 아니, 그게 그렇게 슬픈 질문이 되리라곤.

정답은 '있었었다.' 한국어 문법에는 영 어색한 과거완료형. 그때는 우물쭈물하다 넘겼지만 언젠가부터 이렇게 대답한다.

"없어요. 저 하나예요."

같은 질문을 여러 번 받다 보니 이젠 적어도 주춤거리지는 않는다. 그래도 여전히 가슴 한쪽이 따끔거린다. 그 질문에 무덤덤하게 대답할 날이 오기는 할까?

"어이구, 외롭게 자랐구먼."

"네."

할머니가 반찬을 하경 쪽으로 밀어 주었다. 해 줄 수 있는 일이 그것뿐이라 미안하다는 듯이.

식사를 마치고 하경이 설거지를 했다. 그동안 할머니는 매실차를 준비했다. 할머니는 후식으로 늘 매실차를 마셨다. 처음엔 약 같았는데 하경도 이제 익숙해져서 거르게 되면 섭섭할 지경이었다. 이곳에서 점심을 먹고 차를 마시는 동안 하경이 하루 중 이야기를 가장 많이 한다. 이 대화의 좋은 점은 하경이 한 말의 대부분을 할머니가 까먹는다는 거다. 그래서 마음 놓고 이런저런 얘기를 했다. 단점도 있다. 할머니는 하경이 한 말뿐 아니라 자신이 무슨 말을 했는지도 잘 까먹었다. 그래서 한 얘길 자꾸자꾸 했다. 같은 얘길 다섯 번쯤 듣고 멘탈이 무너지기 일보 직전까지 간 적도 있었다. 그런데 오늘처럼 양호한 날도 있다.

"일은 할 만한 거지?"

"네. 참, 조금 전에 처음으로 반죽을 해 봤어요. 좀 신기했어요. 처음엔 빽빽했는데 시간이 지나니까 밀가루가 손에서 저절로 막 움직이는 것 같았어요."

말하다 보니 아까 반죽을 만졌을 때의 따스한 느낌이 생각났다.

"아이고, 반죽 한 번 하고는…… 빵집에서 일하는데 빵은 한 번 만들어 봐야지. 나도 애들 아버지가 할 땐 손을 보탰어. 그런데 기호는 주방에 들어오지도 못하게 하던데……. 반죽을 해 보라고 했다구? 별일이네."

할머니는 아들한테 섭섭한 게 좀 있나 보았다. 어쩌면 할머니는 아들의 주방에서 거부당하자 자신의 부엌을 사수하기 위해 이토록 열심히 음식을 만드는 건지도 모른다.

"집에만 있으니까 답답하시죠?"

"처음에는 그랬는데, 괜찮아. 테레비도 보고 쉬엄쉬엄 세 끼 밥 해서 먹고 나면 하루가 금세 가. 오늘은 대청소를 하려구. 날씨가 썬득해져서 이불이랑 겨울옷을 꺼내 놔야겠어."

그러고 보니 방문들이 죄 열려 있고 집 안이 좀 어수선했다.

"뭐 좀 도와 드려요?"

"아, 도와줄 게 하나 있네. 이리 와 봐."

할머니가 벌떡 일어나더니 하경을 건너편 방으로 이끌었다.

수도 없이 집에 올라와 봤지만 이 방에 들어가는 건 처음이었다. 사장님 방인가 보았다. 두 벽면에 책이 빼곡하게 꽂혀 있었다. 책상과 침대, 원목으로 된 작은 옷장이 가구의 전부였다. 아저씨 냄새가 살짝 나긴 하지만 먼지 하나 없이 깔끔하게 정돈되어 있었다.

"저기 저 상자 좀 내릴 수 있겠어? 의자 딛고 올라가서."

옷장 위에 커다란 종이 상자가 두 개 있었다.

"그럼요. 제가 키는 좀 크잖아요. 힘도 세고."

하경이 책상 의자를 끌어와서 가뿐하게 상자를 내려놓았다. 무겁지 않은 걸 보니 스웨터 같은 겨울옷이 들어 있나 보았다. 의자를 원래 있던 곳에 놓다가 하경은 책장이 좀 이상하다고 느꼈다. 그러고 보니 책들이 전부 반대로 꽂혀 있었다. 책 제목을 하나도 알 수 없었다. 책들이 토라져 죄 뒤로 돌아앉은 것 같았다. 제목 알아맞히기 게임을 하려던 거라면 몰라도 특이한 인테리어를 시도했던 거라면 망했지 싶었다. 방 주인의 정신 상태가 의심스럽기만 했다. 할머니에게 물어보려다 그만두었다. 하염없이 얘기가 길어질 가능성이 있으므로.

손때 묻고 색이 바래 세월의 흔적이 느껴지는 책들을 보니,

마음이 좀 아팠다. 한때는 방 주인의 친구였을 텐데, 어쩌다 이렇게 버림받은 걸까.

하경은 이 방 주인에 대해 생각해 보았다. 그러고 보니 그는 빵보다는 책과 더 어울리는 사람 같았다. 서점 주인이라고 하면 딱 어울릴 터였다. 아버지 가게를 물려받아 삼 년 전부터 빵집 주인이 되었다고 하던데 그전에는 무슨 일을 했을까? 그간 하경이 본 바에 의하면 찾아오는 사람도 없었다. 누군가와 전화로 시시한 대화를 나누는 것도 본 적 없다. 친구도, 애인도 없을 것이다. 일을 마치고 즐기는 특별한 취미가 있는 것 같지도 않았다. 하루 종일 같은 공간에서 일하면서도 아는 게 별로 없었다.

'어떤 사람일까?'

하경은 갑자기 이기호라는 사람이 무척 궁금해졌다.

반죽 덩어리는 목욕이라도 한 것처럼 더 뽀얗고 동글동글하게 부풀어 있었다. 새근새근 숨을 쉬고 있는 것 같았다. 너무너무 사랑스러웠다. 밀가루 덩어리에 불과했던 것이 생명을 가진 존재처럼 보였다. 가슴이 뭉클했다.

느닷없이 하경의 입에서 이런 말이 튀어나왔다.

"사장님, 저, 빵 만드는 거 배우고 싶어졌어요."

말을 하고 나서 하경 자신도 놀랐다.

사장님이 고개를 들어 하경을 보았다.

하경이 다시 말했다.

"빵 만드는 거, 가르쳐 주세요."

하경은 자신에게 충동적인 면이 다분하다는 걸 이 빵집 덕에 제대로 알게 되었다.

8. 발효

이기호는 매달 마지막 날이면 한 달 수입과 지출을 정리했다. 월급을 이체시키다가 하경이 이곳에서 일한 지 벌써 석 달이 넘었다는 걸 깨달았다. 계절이 하나 지났다.

하경의 첫인상은, 픽 웃음이 나올 정도로 어설펐다. 껑충한 키에 느릿느릿한 말투. 긴 머리만 아니었으면 남자아이라고 생각했을지 모른다. 보이는 대로 움직임도 재지 않았다. 하지만 겪어보니 제법 야무지고 싹싹했다. 사실 하경의 그 어설퍼 보이는 점이 맘에 들었는지 모른다. 어설픈 걸로 따지면 이기호도 만만치 않았다.

그것 말고도 두 사람은 닮은 점이 많다. 수다스럽지 않았다. 남의 사생활에 호기심을 드러내지 않았다. 하루 종일 한 공간에 있으면서도 일에 관한 것 말고는 얘기를 거의 하지 않았는데 둘 다 그걸 불편해하지 않았다. 그가 사람 쓰기를 계속 미루고 꾸역

꾸역 혼자 해 나가려고 했던 건 남과 관계 맺는 데 서툴기 때문이었다. 행여 지나치게 호기심이 많거나 수다스러운 사람과 일하게 되면 감당할 수 없을 것 같았다. 그런 면에서 하경은 이 가게에 맞춤한 인물이었다. 하경은 천천히 단단하게 이곳에 자리 잡아 가고 있었다. 그가 보기엔 그랬다.

자동차 세일즈맨인 이기호의 매형은 인간 유형을 자동차에 비유하길 좋아했다. 디자인이니 연비니 가격을 들먹이며 설명을 덧붙였다. 자동차에 문외한인 그는 이해할 수 없는 비유였다. 그저 세상에는 그가 타고 다니는 낡은 경차 말고도 자동차 종류가 참 많구나라는 생각만 했을 뿐이다. 하지만 자주 듣다 보니 전염이 된 것 같았다. 이기호도 언젠가부터 사람을 빵에 비유하게 되었다.

재료와 식감과 풍미와 생김새가 거기서 거기인 것 같아도 모든 빵은 조금씩 다르다. 그런 점에서 빵과 사람은 비슷한 면이 많다. 빵 종류도 자동차만큼이나 많을지 모른다. 그는 또한 사람과 사람의 관계는 빵을 만드는 과정과 비슷하다고 생각했다.

빵을 부풀게 하는 건 효모다. 그의 가게에선 인공 효모인 이스트 대신 천연 발효종을 사용한다. 우리 눈에 보이지 않지만 공기 중에는 수많은 미생물이 떠다닌다. 이런 미생물을 과일이나 채소로 배양시켜 천연 발효액종을 만들고, 여기에 밀가루를 섞어 발효종을 만든다. 이 발효종을 이용해 빵을 만드는 것이다.

이스트는 밀가루 반죽을 금세 부풀어 오르게 해 빵을 손쉽게 만들 수 있게 해 준다. 그와 달리 천연 발효종을 사용해 빵을 만들면 번거롭고 시간도 오래 걸린다. 하지만 빵의 풍미도 좋아지고 소화도 잘되고 영양 면에서 이스트 발효로 만든 빵과는 비교할 수 없다. 그가 파는 빵은 거의 밀가루와 소금, 물, 천연 발효종만으로 만들어진다.

그가 천연 발효종을 접한 곳은 제빵사 자격증을 따고 나서 처음 취업한 프랑스 빵집이었다. 그 빵집에선 건포도 같은 과일을 이용해 르뱅이라는 발효종을 만들어 썼다. 가게 주인인 고티에 씨는 한국에서 태어났지만 두 살 때 입양되어 프랑스에서 자란 사람이었다. 처음에 고티에 씨가 발효종을 만드는 걸 보고 왜 번거롭게 만들어 쓰냐고 물은 적 있다.

서툰 한국말로 그는 이렇게 대답했다.

"공기 속의 미생물이 빵을 만들고, 사람들이 그 빵을 먹는다는 건 자연과 교감하는 일이지. 한국 사람들이 고추장이나 된장 같은 발효 음식을 만들어 먹는 것도 그런 거잖아? 음식을 먹는다는 건 세상 모든 것과 하나가 되는 과정이어야 한다고 생각해."

이기호는 그때까지 자신이 만든 빵을 먹게 될 사람들에 대해 한 번도 생각해 보지 않았다는 걸 깨달았다. 아버지는 시판되는 이스트를 써서 빵을 만들었다. 그가 힘들고 불편해도 천연 발효종을 쓰기로 결정한 건 고티에 씨의 생각에 공감했기 때문이다. 그때 이후 그는 그 말을 가슴에 새기며 빵을 만들고 있다.

음식을 먹는다는 건 세상 모든 것과 하나가 되는 과정이다.

발효종을 만들면서 깨달은 게 또 있다. 빵뿐 아니라 사람과의 관계를 만들어 나가는 데에도 효모 같은 것이 필요하다는 것. 번거로운 과정과 오랜 시간을 거쳐 만들어진 관계는 좋은 발효식품 같은 것일지 모른다. 공기 중의 미생물이 다 좋은 것만은 아니듯, 관계가 숙성되는 과정에서도 좋은 것, 즐거운 것만 취할 수는 없다. 빵을 만들 때도, 사람과의 관계를 만들어 나가는 데에도 인내가 필요하다. 그 사람의 모든 것을 함께 받아들여야 하는 과정을 거쳐야 한다.

하경은 평소 작업실에는 잘 들어오지도 않고 빵 만드는 일에 관심도 없는 것 같았다. 하지만 매장 일은 이기호가 신경 쓰지 않아도 될 정도로 차분하게 잘 해 나갔다. 그런데 오늘 무슨 일이 있었는지 아침부터 실수 연발에 몹시 불안해 보였다. 그는 하경을 작업실로 불러들여 밀가루 반죽을 쥐어 주었다.

어릴 때 뭔가 못마땅하거나 심심해서 칭얼거리면 어머니는 밀가루 반죽을 뚝 떼어 그의 손에 쥐어 주었다. 그는 한참 동안 그걸 주물럭거리며 공룡도 만들고 자동차도 만들면서 놀았다. 그러다 보면 무엇 때문에 칭얼거렸는지 잊었고, 심심한 것도 사라졌다. 어린 그에게 밀가루 반죽은 찰흙이고 레고였다.

반죽 한번 해 보고는 빵 만드는 걸 배우고 싶다고 말하는 걸 보니 하경에게도 밀가루 반죽 테라피가 효과를 발휘했나 보았다. 어쨌건 반가웠다. 충동적으로 한 말일지 모르지만.

그는 하경에게 발효종에 대해 먼저 알려 줘야겠다고 생각했다. 어쩌면 빵 만드는 일이 보기보다 엄청 까다롭다는 걸 알고 제풀에 꺾여 발을 뺄지 모른다.

9. 소녀의 기도

"또 아무 말 안 할 거야?"

담임이 팔짱을 끼고 고개를 한쪽으로 기우뚱하며 진아를 보았다. 진아는 고개를 푹 숙이고 두 손을 무릎 위에 포개 놓고 있었다. 담임과 진아의 무릎이 맞닿았다. 담임이 손가락으로 진아 무릎을 쿡 찔렀다. 진아는 여전히 입을 꾹 다물고 있었다. 담임이 한숨을 한 번 쉬더니 말했다.

"진아야, 네 목소리 한번 듣기 정말 힘들구나. 알래스카에서 냉장고 팔려는 사람도 이렇게 힘들지는 않을 것 같다."

2학기가 된 지 한 달 조금 넘었을 뿐인데 진아는 결석만 다섯 번 했다. 결석뿐이 아니었다. 걸핏하면 책상에 책을 펴 놓고 가방을 놔둔 채 사라지곤 했다. 아침에 '학교 다녀오겠습니다' 하고 인사하고 나가선, 아무 버스나 집어타고 돌아다니다 학교 근처에도 가지 않고 다시 집으로 돌아가는 날도 있었다.

진아 담임은 교사 된 지 오 년이 넘었다는데도 여전히 교생처럼 어설프고 열정적이었다. 이렇게 막나가는 진아를 한 번도 야단치지 않고 어떻게든 입을 열게 하려고 애썼다. 지치지도 않나 보았다.

"너, 이러면 엄마한테 연락할 수밖에 없어."

"학교 다니고 싶지 않아요."

교무실에 들어온 지 십 분 만에 입을 열고 진아가 말했다.

담임은 놀라지 않았다. 차분하게 말했다.

"내가 불편하면 상담 선생님하고 얘기 한번 해 볼래?"

'상담한다고 달라지지 않아요, 선생님.'

진아는 생각한 걸 말하지 않았다. 누구와도 대화 같은 거 하고 싶지 않았다. 얘기한다고 달라지지 않을 것이다. 학교를 다니는 이상 태환과 마주칠 수밖에 없다. 그러면 계속 이럴 것이다. 상담실 같은 데는 절대 가지 않을 것이다. 작년에 무슨 일인가로 상담실에 갔다 온 애한테 들은 적 있었다. 자기도 모르게 말하고 싶지 않은 얘길 해 버렸다고, 드러내고 싶지 않은 감정을 꺼내 버렸다고, 왜 그랬는지 모르겠다고 속상해했다.

진아는 그러고 싶지 않았다. 전후 맥락, 아무것도 모르는 사람 앞에서 징징 울고 나서 벽에 머리를 찧는 짓, 절대 할 수 없다.

교무실을 나와 교실로 가는데 점심시간 끝나는 차임벨이 울렸다. 중학교 때와 똑같은 벨 소리였다. 모든 학교의 차임벨이다 「소녀의 기도」인 건지, 아님 자신이 다닌 학교들만 그런 건지, 진아는 가끔 궁금했다.

삼 층 복도에 들어섰을 때 왁자지껄한 소리가 진아를 덮쳤다. 여자애들의 높고 날카로운 웃음과 남자애들의 갈라지고 탁한 외침이 섞여 귀가 멍멍했다. 여러 소리의 파편이 모여 만들어진 소음 덩어리가 공중에 둥둥 떠다니는 것 같았다. 진아는 소음을 뚫고 복도를 걸어갔다. 태환의 교실을 지나다 저도 모르게 고개를 돌려 교실 안을 보았다. 맨 뒷자리에 앉은 태환과 눈이 마주쳤다.

진아는 얼른 고개를 돌리고 계속 걸었다. 자신의 교실을 그냥 지나치고, 복도 끝 계단 입구까지 걸었다. 언젠가부터 태환은 진아에게 신화 속 괴물 같은 존재였다. 태환과 눈을 마주치면 마법에 걸린 듯 교실로 돌아갈 수 없었다.

진아는 그대로 계단을 내려가려다 뒤돌아서 교실로 들어갔다. 책상 위 물건들을 주섬주섬 챙겨 가방에 넣고 다시 교실을 나왔다. 세영을 또 고생시킬 수 없었다. 어떤 날은 가방이 진아보다 먼저 집 앞 현관에 도착해 있기도 했다.

"내가 또 사라져도 집으로 가방 가져오지 마. 그냥 둬. 네가 내 가방 셔틀 같잖아."

아무리 말해도 세영은 진아가 교실에서 사라질 때마다 부지런히 가방을 수습해 집으로 날랐다. "네가 왜 그러는지 다 알아"

라고 말하는 것보다 더 고마웠다. 하지만 세영도 다 아는 건 아니다. 세영에게도 하지 못한 말이 있다. 그래서 늘 미안했다.

아이들은 교실을 나가는 진아를 "재, 또야?" 하는 눈으로 바라보았다. 다행히 세영은 자리에 없었다.

학교 뒷문 쪽 낮은 담장을 익숙하게 뛰어넘어 밖으로 나왔다. 학교와 담장을 공유하는 어느 집 대문 앞에 개 한 마리가 널브러져 있었다. 졸고 있던 개가 깜짝 놀랐는지 진아를 향해 컹컹 짖어 댔다. 잠깐 얼음이 되어 서 있었더니 개는 다시 느긋하게 앞다리에 머리를 파묻고 오수에 빠져들었다.

날짜로만 보면 가을이지만 한낮의 햇빛은 여름과 다르지 않았다. 진아는 학교 앞 정류장에서 아무 버스나 집어탔다. 버스 맨 뒤 창가 자리에 앉아 밖을 내다보았다. 창밖으로 익숙한 풍경이 휙휙 지나갔다. 버스는 한참 동안 어딘지 비슷하면서도 낯선 거리를 달렸다. 이어폰을 꽂고 음악을 재생시켰다. 창밖을 내다보며 졸다가 깨다가, 그렇게 버스에 실려 어딘가로 갔다. 가능하면 먼 곳으로 갔으면 좋겠다고 생각했다.

버스는 두 시간쯤 달려 종점에 도착했다. 생소한 곳이었다. 버스 십여 대가 황량한 들판에 서 있었다. 주변에는 키 작은 나무라고 해도 될 정도의 잡초들이 아무렇게나 나 있었다. 건물이라고는 컨테이너 몇 개뿐이었다. 하늘은 잿빛이었다.

갑자기 서늘한 바람이 불기 시작했다. 학교에서 나올 때는 햇빛이 강해서 이마며 목둘레에 땀이 흘렀는데, 계절이 확 바뀐 것 같았다. 을씨년스러운 풍경 때문인지 바람 때문인지 살갗에 소름이 돋았다.

진아는 버스가 지나온 쪽으로 거슬러 걸었다. 서글퍼 보이는 낡은 건물들이 하나둘 나타났다. 흑백영화 속 장면처럼 색깔이 별로 없는 이상한 동네였다. 불그스름한 벽돌과 회색 콘크리트로 지어진 연립주택과 저층 아파트가 보였는데, 붉은색도 회색도 거무튀튀하게 변해 있었다. 주변에 드문드문 나무가 있었는데, 나무 이파리도 싱그러운 초록이 아니었다. 먼지가 잔뜩 앉은 플라스틱 나무처럼 보였다. 칙칙한 풍경 위로 상한 달걀 노른자 같은 해가 보였다. 차원이 다른 세계, 혹은 다른 행성으로 날아온 것 같았다.

이곳에 머물 수 있다면, 떠나온 행성으로 돌아가지 않아도 된다면 학교에 가지 않아도 될 텐데, 그런 생각을 하며 걸었다. 연립주택 입구에 재건축을 알리는 현수막이 걸려 있었다. 그중 한 건물에서 어떤 아주머니가 쓰레기봉투를 들고 나오지 않았다면 진짜로 외계 행성이라고 생각했을 것이다.

연립주택을 지나고 나서부터 사람들이 보이기 시작했다. 교복 입은 여자아이 셋이 깔깔깔 웃으며 저 앞에서 걸어오고 있었다. 그 애들의 웃음소리가 귀에 거슬렸다. 별 내용도 없는 이야기를 하면서 죽겠다고 웃어 대는 아이들. 밉살스러웠다. 한 아이가 무슨 말을 했고, 다른 두 아이는 손뼉을 치며, 친구 등을 마구 두드리며 요란스럽게 웃었다. 속이 뒤틀렸다. 고개를 숙였다. 땅바닥에 돌멩이 몇 개가 보였다. 진아는 그중 하나를 집어 들어 그 애들을 향해 던졌다. 왜 그런 거냐고 따져도 대답할 수 없었을 것이다. 자신도 이유를 모르니까.

돌멩이는 한 아이의 발 앞에 맥없이 떨어졌다. 느닷없이 날아온 돌멩이에 여자애들이 비명을 질렀다.

"뭐야, 쟤? 미친년 아냐?"

여자애들이 진아를 향해 달려왔다.

반사적으로 진아는 반대 방향으로 달렸다.

마침 버스 한 대가 다가오는 게 보였다. 정류장까지 기를 쓰고 달렸다. 뒤에서 여자애들이 소리를 지르며 쫓아왔다.

"야, 미친년아! 너, 거기 서."

버스가 정류장에 섰다. 진아는 간신히 버스에 올라탔고, 타자마자 문이 닫히며 버스가 출발했다. 영화에서처럼 정말 그랬다. 버스가 세 정류장을 지날 때까지 두근거림이 멈추지 않았다. 그 애들이 쫓아오지 않나 해서 창문을 열고 뒤를 자꾸 돌아보았다. 이렇게 가슴이 뛸 정도로 달려 본 게 정말 오랜만이었다. 윤지랑 있을 때는 늘 가슴이 뛰었다. 달리느라, 춤추고 노래하느라, 미친 듯이 웃느라.

또 다른 낯선 곳에 내려 거리를 헤매다 버스와 지하철을 갈아

타고 동네에 도착했을 때는 9시가 넘어 있었다. 골목에 접어들자 진아는 '빵'을 향해 걸었다. 배가 고팠다. 빵쌤이 만든 빵이 먹고 싶었다. 빵집은 당연히 문이 닫혀 있었다. 캄캄하고 아무런 냄새도 흘러나오지 않았다.

진아는 불 꺼진 가게를 바라보며 한참 서 있었다. 그러고 있으면 어느 순간 불이 켜지고 문이 열리고 빵 냄새가 흘러나오기라도 할 듯이. 십 분이 지나고 십오 분이 지나도 그런 일은 일어나지 않았다. 갑자기 뚝 떨어진 기온에 온몸이 부들부들 떨리기만 했다.

이 가게 주인을 진아와 윤지는 '빵쌤'이라고 불렀다. 둘은 중3 겨울방학에 빵쌤에게 베이킹을 배웠다. 윤지는 특히 그 수업을 좋아했다. 여덟 번의 베이킹 특강이 끝났을 때 윤지가 진아에게 말했다.

"나, 나중에 빵집 주인이 될까 해."

"날마다 빵을 실컷 먹을 수 있을 것 같아서?"

진아의 말에 윤지는 자존심이 좀 상한다는 듯이 대꾸했다.

"내가 초딩이냐? 나 진지하다."

"왜?"

"재밌어, 빵 만드는 게. 그리고 신기해. 밀가루랑 물이랑 효모, 똑같은 재료에서 모양도 맛도 다른 게 나오잖아."

진아는 윤지랑 같이 빵을 만들면서도 그게 신기하다고 생각한 적이 없었다. 그렇게 말하는 윤지가 더 신기했다. 그렇게 따지면 세상에 신기하지 않은 게 어디 있담. 우리 존재가 신기함 그 자체인걸.

윤지가 또 말했다.

"나중에 내가 빵집을 열면 세상에서 제일 맛있는 빵을 만들어 줄 테다. 기대하셔."

"그럼 나 공짜로 주는 거야? 맨날 맨날?"

"아니. 그건 생각 좀 해 볼 일이지."

"공짜로 준다면 내가 블로그를 시작해서 홍보를 담당하마."

영혼이 담기지 않은 공약을 내건 진아보다 먼저 윤지가 블로그를 만들었다. 윤지는 블로그에 빵과 '빵'에 대해 글을 올리기 시작했다. 정말 진지하게.

진아는 빵보다는 빵쌤이 들려주는 이야기가 더 좋았다. 그리고 어쩐지 빵쌤과 코드가 잘 맞는 것 같았다.

그해 겨울 청소년 센터에서 빵쌤과 함께 만든 빵은 바게트, 크루아상, 캄파뉴, 브리오슈, 마들렌, 당근 케이크, 올리브포카치아였다. 빵이 구워지는 동안 빵쌤은 빵에 얽힌 에피소드나 영화나 소설에 등장하는 빵에 대한 얘길 들려주었다. 브리오슈 만드는 날엔 이런 이야기를 했다.

"오늘 만드는 브리오슈는 프랑스 빵인데, 여러분이 방금 반죽을 해서 알겠지만 설탕과 버터와 계란이 어마어마하게 들어갑니다. 브리오슈는 프랑스 왕비였던 마리 앙투아네트하고도 관련 있는 빵이에요. 프랑스에서 혁명이 일어났을 때 굶주린 민중들이 '빵을 달라'고 외치며 파리 시가를 행진했답니다. 그걸 보고 마리 앙투아네트가 '빵이 없으면 케이크를 먹으면 되지 않냐'고 했다는 얘기, 한번쯤 들어 봤을 거예요. 그런데 사실 그녀는 '케이크'라고 말한 게 아니라 '브리오슈'라고 말했다고 해요. 아마 브리오슈가 우리에겐 생소한 이름인 데다 케이크처럼 부드러워, 전해지는 과정에서 바뀐 게 아닌가 싶어요. 사실 '빵이 없으면 브리오슈를 먹으면 되지 않냐'는 말도 앙투아네트가 한 게 아니라 혁명군이 만들어 낸 거라는 설도 있어요."

인터넷에 들어가기만 해도 알 수 있는 이야기였지만 빵쌤에게 들으면 더 재미있었다. 그리고 빵 만드는 것도 더 재미있었다. 완성된 브리오슈를 먹어 보니 진짜로 다른 빵들보다 훨씬 부드럽고 폭신폭신, 달콤했다. 파리 민중들이 평소에 이런 빵을 충분히 먹었더라면 혁명 같은 것은 일어나지도 않았고, 아름다운 왕비가 그런 멍청한 소리를 지껄이지도 않았을 테고, 단두대에서 생을 마치는 일도 없었을 텐데, 라고 진아는 생각했다.

마들렌 만드는 날에는 문학작품에 대한 이야기를 들었다.

"프랑스 소설가 마르셀 프루스트의 유명한 소설 『잃어버린 시간을 찾아서』에는 소설보다 유명한 빵이 나옵니다. 주인공이 어느 날 홍차에 적신 마들렌을 먹는 순간 마음이 기쁨으로 넘쳐

오르면서 예전 기억들이 떠오르는 장면이 있어요. 그 책을 읽어 보지 않은 사람도 마들렌, 하면 떠올릴 정도로 잘 알려진 장면이죠. 아마 포털 사이트에 '마들렌'을 입력하면 연관 검색어로도 나올 겁니다. 그 장면 때문에 '프루스트 현상'이라는 심리학 용어까지 생겨났어요. 프루스트 현상이 뭔고 하니, 특정한 냄새나 맛, 소리로 인해 잊고 있던 기억이 다시 살아나는 걸 말합니다. 시간이 많이 흐른 후 여러분이 어떤 빵을 먹다가 지금 이 강좌와 이 교실과 내가 떠오를지 모른다는 말입니다."

진아는 마들렌을 제일 좋아했다. 조개처럼 생긴 작은 빵을 우유랑 같이 먹으면 고소함과 달콤함, 레몬 향이 입안 가득 퍼졌다. 그 맛을 느끼자마자 빵은 입안에서 금세 사라졌다. 진아에게 마들렌은 '아쉬운 맛'이었다.

빵쌤이 들려준 가장 인상적인 얘기는 뭐니 뭐니 해도 당근 케이크를 만든 날의 이야기였다.

그날 빵쌤은 조리복 주머니에서 책 한 권을 꺼내더니 소설의 한 대목을 읽기 시작했다.

그곳에 있던 사람들은 모두 케이크를 한 입 깨무는 순간 걷잡을 수 없는 그리움에 휩싸였던 것이다. ……. 눈물은 이 괴이한 식중독의 첫 번째 증세에 불과했다. 모든 하객들은 크나큰 슬픔과 좌절감의 포로가 되었다. 결국 하객들 모두 옛사랑을 그리워

하며 안뜰이나 뒤뜰, 화장실로 흩어졌다. 모두 마법에 걸린 것 같았다.

"내가 읽은 건 라우라 에스키벨이라는 멕시코 작가가 쓴 『달콤 쌉싸름한 초콜릿』에 나오는 한 대목이에요. 주인공은 부엌에서 태어난 운명 때문인지 요리에 뛰어난 재능이 있어 집안의 요리사가 되었어요. 그런데 자신이 사랑하는 남자가 언니와 결혼하게 된 거예요. 요리사인 주인공은 그 결혼식에 쓸 웨딩 케이크를 제 손으로 만들어야 했지요. 슬픔에 젖은 주인공이 울면서 케이크를 만드는데, 눈물이 반죽에 떨어진 거예요. 지금 읽은 대목은 하객들이 결혼식 피로연에서 그녀가 만든 웨딩 케이크를 먹은 뒤 일어난 일을 묘사한 겁니다."

진아는 '그리움에 휩싸이게 만드는 맛'이 어떤 맛일지 궁금했다. 짐작도 할 수 없었다. 소설에는 자세하게 묘사되어 있을 것 같아 강좌가 끝나자마자 도서관으로 달려가 『달콤 쌉싸름한 초콜릿』을 빌려 읽었다.

진아는 이야기를 좋아한다. 특히 로맨스가 있는 이야기가 좋았다. 진아는 모든 이야기는 무조건 해피엔딩이어야 한다고 생각했다. 이야기가 진행되는 동안 주인공들이 온갖 슬픔과 시련을 겪더라도 마지막에는 행복해지는 게 옳다고 생각했다. 러브스토리를 새드엔딩으로 만드는 작가는 테러를 당해도 싸다고 생각했다. 『로미오와 줄리엣』을 읽고 나서 너무 화가 나 윤지에게 말했었다.

"만약 셰익스피어가 살아 있다면 내가 악플로 도배를 했을 거야."

그런데 이 책, 『달콤 쌉싸름한 초콜릿』의 결말은 해피엔딩이라고 해야 할지 새드엔딩이라고 해야 할지 애매했다. 진아는 애매한 것 또한 참을 수 없었다. 책을 다 읽자마자 '빵'으로 달려갔다. 늦은 시간이라 가게 출입문에 closed 팻말이 붙어 있었지만 다행히 안에 불이 켜져 있었다. 진아는 팻말을 무시하고 유리문을 밀고 들어갔다. 주방에서 빵쌤의 졸린 듯한 목소리가 들려왔다.

"영업 끝났습니다."

진아는 다짜고짜 들고 온 책을 흔들며 말했다.

"쌤, 이거요. 도대체 해피엔딩인 거예요, 새드엔딩인 거예요?"

빵쌤이 그 책을 쓴 것도 아닌데, 하자 있는 물건 반품하러 온 손님처럼 그랬다.

빵쌤은 추리닝 바람에 목도리를 둘둘 감고 나타난 진아를 처음엔 알아보지 못했다. 멍하니 있다가 진아가 목도리를 풀고 얼굴을 드러내자 웃음을 터트렸다.

"아, 짜식. 난 또 누구라고. 책이 뭐 어쨌다고?"

빵쌤은 다음 날 아침에 오븐으로 들어갈 바게트 반죽을 하고 있었다.

"해피엔딩이냐, 새드엔딩이냐, 그게 그렇게 중요해?"

"그럼요. 러브 스토리는 무조건 해피엔딩이어야 해요."

"왜?"

"러브 스토리는 대리 만족 하기 위해서 읽는 거라구요. 그런데 헤어지는 걸로 끝나면, 그게 뭐예요? 완전 김새는 거지. 그런데 이 소설은 결국 사랑이 이루어지고 주인공들이 행복해하는데……."

『달콤 쌉싸름한 초콜릿』의 결말에서 이십여 년에 걸친 두 주인공의 사랑은 이루어진다. 하지만 사랑이 이루어지는 순간 두 사람은 이 세상을 떠나게 된다. 이제부터 행복 시작, 그런 순간 죽어 버리다니. 헐이다.

빵쌤이 말했다.

"이보다 해피엔딩이 어디 있어? 그래서 그들은 오래도록 행복하게 살았습니다, 라고 끝나야 해피엔딩인가? 그건 호러지. 그런 인생이 어디 있어? 사랑을 완성하는 순간 삶도 끝났으니 진정한 해피엔딩이지."

"그게 뭐가 해피예요? 쌤이 여태 결혼 못한 이유를 알 것 같네요."

"그리고 사랑이 이루어지지 않으면 좀 어때? 이루어지건 이루어지지 않건 오랜 세월 동안, 여러 난관에도 불구하고 끊임없이 사랑할 수 있는 대상이 있다는 것만으로도 행복한 거 아냐? 비록 그 사랑이 이루어지는 날이 생의 마지막 날이 된다 하더라도."

빵쌤이 여기까지 말하고선 반죽하던 손을 멈추더니 말했다.

"그런데 나 지금 너랑 사랑에 대해 말하고 있는 거냐? 어째 좀 그렇다."

"뭐예요, 그 같잖다는 표정은? 나도 알 거 다 알거든요."

"맞다. 알 거 다 아는 나이지."

빵쌤은 고개를 끄덕거리면서 다시 반죽 덩어리를 주물럭거렸다.

진아는 빵쌤의 이런 면이 좋았다. 진아가 무슨 얘길 해도 어린애 취급하지 않고 늘 진지하게 응대해 주었다. 어른들 대부분은 뭔가를 물어보면 제대로 대답해 주지 않는다. 애들은 몰라도 돼, 공부나 해, 그런다. 그러면서 자기네들은 아이들에게 꼬치꼬치 묻는다. 꿈이 뭐냐, 옷은 그게 뭐냐, 왜 그렇게 연예인에 열광하는 거냐, 등등. 그럴 때마다 진아는 '몰라도 돼요.' 하고 싸가지 없이 말하고 싶은 때가 한두 번이 아니었다. 빵쌤은 그런 어른이 아니었다.

그날 진아는 일하는 빵쌤 옆에서 밤늦도록 수다를 떨었다. 한밤중에 빵집을 찾아간 게 단지 소설의 결말이 마음에 들지 않아서만은 아니었다. 그냥 누군가와 이야기를 나누고 싶었을 뿐이다. 그즈음 진아와 윤지는 첫사랑을 시작했다. 유감스럽게도 둘이 좋아하는 상대가 같았다. 진아는 그걸 알게 되었지만 윤지는 끝끝내 알지 못했다. 진아가 그 사실을 알게 된 건 베이킹 수업 마지막 날이었다.

여덟 번째 수업 내용은 첫날 받은 프로그램에 나와 있지 않았다. 첫 시간에 누군가 질문했다.

"쌤, 우리가 팔 주 강좌인데, 만드는 빵은 일곱 개네요? 마지막 날엔 뭐 안 만들어요?"

다 비슷한 생각을 했나 보았다. 모두 쌤의 입에서 어떤 말이 나올까 기다렸다.

"이런 모범생들 같으니라고. 마지막 날까지 성실하게 할 거 뭐 있나요? 그냥 놀지, 뭐."

빵쌤이 의미심장한 웃음을 지으며 말했다.

여덟 번째 주가 되었을 때 빵쌤은 미리 준비해 온 두툼한 밀가루 반죽을 꺼내 놓았다. 열다섯 명이 잔뜩 먹고도 남을 만큼 커다란 빵을 만들 수 있을 것 같았다. 그는 반죽 한가운데 구멍을 내어서 도넛 모양으로 만들었다. 그러곤 조리복 주머니에서 손가락만 한 하얀 도자기 인형을 꺼냈다.

"자, 이 도자기 인형을 반죽 안에 넣고 빵을 구울 겁니다."

빵쌤은 마술사처럼 익살스러운 표정으로 흰색 도자기 인형을 반죽에 집어넣고 매만졌다. 표정만 보면 반죽이 오븐에서 나오면 인형이 진짜 사람으로 변해 있을 것 같았다. 반죽은 금세 감쪽같아졌다. 인형이 어디쯤에 있는지 알 수 없었다.

"오늘은 이 반죽으로 로스카 빵을 만들 겁니다. 로스카 빵이란 멕시코 사람들이 주현절에 먹는 음식이에요. 주현절은 동방박사가 아기 예수를 찾아온 날인데, 멕시코뿐 아니라 카톨릭을 믿는 나라에서는 중요하게 여긴다고 해요. 커다란 빵 안에 도자기 인형을 집어넣고 구워서 많은 사람들이 나눠 먹는데, 빵 속에서 도자기 인형을 찾아낸 사람에게 행운이 생긴다고 합니다. 그날 안에 소원을 비는 기도를 하면 소원이 이루어진다고도 하고요. 믿거나 말거나지만. 자, 그럼 이 빵 안에 넣은 도자기 인형을 누가 찾아낼지 우리도 이따가 한번 봅시다."

발효되어 한껏 부풀어 오른 반죽 위에 아이들이 말린 과일과 호두와 아몬드를 올렸다. 반죽이 오븐으로 들어갔다. 아마 모두 그 인형을 자기가 발견하길 바랐을 것이다. 여기가 멕시코도 아니고, 빵쌤 말대로 믿거나 말거나지만, 재미로라도 자신의 운을 시험해 보고 싶을 때가 있는 법이니까. 별자리 점이나 타로 점을 보듯이. 진아도 그때 그랬다. 인형을 자기가 찾길 바랐다. 잠시 행운의 얼굴을 상상하기도 했다.

시간이 지나자 오븐에서 고소한 냄새가 흘러나왔다. 마침내 빵이 다 구워졌다. 오븐에서 꺼낸 빵을 잘라 한 조각씩 집어 들었다. 믿을 수 없게도, 인형은 진아의 빵 속에서 나왔다!

와와—

아이들이 난리였다. 그게 뭐라고. 그래도 기분은 좋았다. 대단한 보물도 아니고, 기껏해야 십오분의 일의 행운이지만. 진아는 늘 자신이 운 없는 애라고 생각했기 때문에 더 기뻤던 것 같다. 나중에 윤지가 이렇게 말할 정도로.

"그때 네 표정, 디저트 컵 속에서 프러포즈 반지를 발견한 미국 영화 속 여자 주인공 같았어."

수업이 끝나고 조리실에서 나왔을 때, 휴게실 소파에 앉아 휴대폰으로 게임을 하고 있는 태환이 보였다. 베이킹 수업을 듣는 동안, 셋은 꽤 친해졌다. 수요일마다 이곳에서 만나 진아와 윤지가 만든 빵을 함께 나눠 먹곤 했다. 그날도 어김없이 태환이 둘을 기다리고 있었다.

시끌시끌한 기척에 태환이 고개를 들었다. 태환이 둘을 발견하고 손을 흔들었다. 이를 드러내고 활짝 웃는 얼굴이 치약 광고에 나오는 배우 같았다. 진아는 가슴이 두근거렸다.

태환을 향해 걸어가면서 윤지가 진아의 팔짱을 끼더니 귓속말을 했다.

"진아야, 있잖아, 태환이랑 나, 사귀기로 했어."

진아는 그때 그 장면 속에 있는 것들을 지금도 몽땅 떠올릴 수 있다. 아이들이 내는 소음이 천장 높은 실내에 울려 퍼져 웅웅거리던 것, 지하 수영장에서 흘러나오는 소독약 냄새, 이를 다

드러내고 웃는 태환의 건강한 얼굴, 자신의 몸에 배어 있던 빵 냄새까지 모두 다. 그리고 윤지가 속삭인 말도.

진아가 생각한 소원이 바로 그거였다. 태환이랑 사귀게 해 주세요.

진아는 윤지가 태환을 좋아한다는 건 알고 있었다. 말하지 않았지만 알 수 있었다. 같은 감정을 가진 사람만이 느낄 수 있는 거였다. 어쩌면 윤지도 진아 마음을 짐작하고 있었을지 모른다. 그런데 태환이 좋아한 건 윤지였던 거다. 그래, 누군들 윤지를 좋아하지 않을 수 있을까?

그때 진아는 인형이 제 차지가 된 건 자기가 열다섯 명 중 가장 불행한 아이이기 때문이어서일 거라고 생각했다. 인형이 다른 아이에게 갔으면 행운을 가져다주었을 테지만, 제게 온 건 위로해 주기 위해서였을 거라고. 어쩌면 이 세상엔 설명할 수 없는, 눈에 보이지 않는 어떤 힘 같은 게 있는지 모른다고도 생각했다.

그날 셋이 무슨 말을 나누었는지, 함께 무엇을 했고, 언제 헤어졌는지 잘 기억나지 않는다. 다만 주머니 속에 찔러 넣은 손으로 인형을 꼭 쥐고 있던 건 기억한다. 그러면서 어떤 소원을 빌었는지도.

'둘이 헤어지게 해 주세요.'였다.

그런데, 이런 식으로는 아니었다. 결코 아니었다.

"문 닫힌 빵집 앞에서 뭐해요?"

하늘에서 들리는 목소리에 고개를 들었다.

빵집 이 층 창문이 열려 있고, 불빛이 흘러나왔다. 불빛 속에 빵쌤의 얼굴이 있었다.

10. 로스카 빵에서 나온 인형

서늘한 느낌에 이불을 끌어당기던 이기호는 갑자기 누가 머리카락이라도 잡아당긴 것처럼 벌떡 일어났다. 방 안은 캄캄했다. 아무것도 보이지 않았다. 눈을 떴는지 감았는지 알 수 없을 정도였다. 손을 뻗어 더듬더듬 휴대폰을 찾았다. 액정에 표시된 시각은 4시 58분이었다. 5시에 알람을 맞춰 두었는데, 마음의 시계가 기가 막히게 잊지 않고 있었나 보다. 벨이 울리기 전에 얼른 알람 설정을 없앴다. 소리를 듣고 혹시 어머니가 눈을 뜨지 않을까 해서다. 살금살금 욕실로 가서 고양이 세수를 하고 가게로 내려갔다.

간밤에 반죽해 둔 캉파뉴 생지가 봉긋하니 예쁘게 부풀어 있었다. 이번에 만든 발효종은 백 프로 성공이었다. 한두 해 만들어 온 것도 아닌데 발효종은 만들 때마다 부푸는 정도가 조금씩 달랐다. 최근 들어 맘에 쏙 들게 발효되는 일이 드물어 속상했다. 발효종이건 빵이건 만드는 사람의 기분이 그대로 전달되는 것 같았다. 눈에 보이지 않는 감정이 역시 눈에 보이지 않는 효모에게 알게 모르게 영향을 주나 보았다.

캉파뉴 생지에 반건조된 무화과를 듬뿍 넣고 오븐에 넣었다. 다른 날보다 서둘러 가게에 내려온 건 이 녀석 때문이다. 어젯밤 특별 주문을 받았다.

유난히 담배 생각이 간절한 밤이었다. 빵을 만들기 시작한 후 끊고 나서 그런 적이 별로 없었는데……. 사실 이유를 모르진 않았다. 하경이 느닷없이 물었다.

"사장님 방 안에 있는 책들 말예요, 왜 다 뒤돌아 있는 거예요?"

거창한 이유가 있는 건 아니지만 그 질문에 답해 주려면 기나긴 설명이 필요했다. 대수롭지 않은 일일수록 수사가 길어지는 법이니까.

그래서인지 방에 들어왔을 때 책장이 다른 날과 달리 보였다. 화난 애인처럼 등을 돌린 책들에게 다가가 화해하자고 손을 내밀어야 할 것 같았다. 저녁 내내 그는 책장 주위를 서성였다. 담배 욕구도 날리고 환기도 할 겸 창문을 열었다. 창밖으로 얼굴을 내밀다가 가게 앞에 누군가 서 있는 걸 발견했다. 9시도 훨씬 넘은 시간이었다. 가게 주변은 큰길가가 아니어서 그다지 밝지 않았다. 근처에 있는 흐릿한 가로등 두 개와 스무 걸음 정도 떨어진 편의점에서 흘러나오는 불빛이 전부였다. 가게 앞에 서 있는 사람은 교복 입은 여학생 같았다. 어두워서 얼굴이 잘 보이지 않았다. 창밖으로 고개를 내밀고 아래를 향해 외쳤다.

"문 닫은 빵집 앞에서 뭐해요?"

여학생은 어둠 속에서 갑자기 들려온 목소리에 놀랐나 보았다. 몸을 움칫하더니 두리번거렸다.

"위를 보세요. 이 층이요."

그가 휘파람을 불었다.

여학생이 고개를 들어 그를 발견했다.

"어, 안녕하세요?"

창에서 새어 나간 불빛에 여학생의 얼굴이 희미하게 드러났다. 진아였다. 가슴 한쪽이 시큰해졌다. 짧은 순간 머릿속에 수많은 생각들이 빠르게 스쳐 갔다.

진아는 '그 일' 이후 처음 보는 것이었다. 가게를 자주 드나들던 아이들이 보이지 않다가 나타나면 반갑고, 안심이 되었고, 고마웠다. 윤지 일을 알고 나서 진아에 대해서는 더 그랬다. 이기호는 두 아이가 얼마나 붙어 다녔는지 잘 알고 있었다.

그는 자연스럽게, 짐짓 명랑한 목소리로 물었다.

"진아구나. 되게 오랜만이네. 그런데 이 밤에 무슨 일이야? 빵 먹고 싶어서 온 거야?"

"그냥요."

그렇게 말하고 진아는 계속 그 자리에 서 있었다. 얇은 교복 블라우스 위에 아무것도 걸치지 않아 추워 보였다. 낮에만 해도 여름인 듯 가을인 듯 애매하더니 저녁나절부터 느닷없이 쌀쌀해졌다.

"거기 잠깐만 있어. 내려갈게."

그는 옷장에서 점퍼와 담요를 꺼내 들고 내려갔다. 진아를 데리고 가게 안으로 들어가 불을 켰다. 아이 얼굴을 보니 입술이 새파래져서 바들바들 떨고 있었다. 시커먼 점퍼를 군말 없이 받아 입는 걸 보니 꽤 추웠나 보았다.

냉장고에서 우유를 꺼냈다. 소스 팬에 우유와 제빵용 카카오 가루를 넣고 불 위에 올려놓으며 물었다.

"학원에서 이제 끝난 거니?"

대답이 없었다. 진아는 점퍼 주머니에 손을 찔러 넣고 고개를 푹 숙이고 있었다. 큼지막한 까만색 점퍼에 먹힌 것처럼 보였다.

우유가 끓기 시작하자 꿀을 듬뿍 넣고 저었다. 뜨거운 코코아와 팔다 남은 크루아상을 쟁반에 담아 진아가 앉아 있는 테이블로 갔다.

진아는 아무 말 없이 순식간에 접시와 컵을 비웠다.

"배고팠나 보네."

"네."

못 보는 동안 진아가 좀 달라진 것 같았다. 도도하면서도 맹랑한 구석이 많은 아이였는데 시든 야채처럼 보였다. 훌쩍 큰 것 같기도 했다. 키가 아니라 보이지 않는 어떤 부분이 쑥 자란 것 같았다.

진아는 냅킨으로 야무지게 입을 닦고 나서 주먹 쥔 손을 그에게 내밀었다.

빵값을 내려는 건가 해서 됐다고 말하려는데 주먹을 폈다. 진아 손바닥 안에 아주 작은 하얀 도자기 인형이 들어 있었다.

"쌤, 이거 기억나요?"

기억이 안 날 수가 없는 물건이었다. 오래전 그가 떠돌이 생활을 할 때 선물로 받은 것이다. 과수원에서 일할 때였다. 과수원 근처에 사는 도예가와 알게 되었다. 그 도예가는 생계를 위해 간혹 수확기에 과수원에서 일을 한다고 했다. 일하는 동안 친해져서 며칠 그의 집에서 묵게 되었다. 그의 작업실에는 조그마한 도자기 인형들이 아주 많았다. 도예가가 그릇을 빚을 때 옆에서 아내가 심심풀이로 만든 것들이라고 했다. 마음에 들어 했더니 떠나올 때 몇 개 선물로 주었다. 그 인형 중 하나였다.

"기억나다마다."

진아가 인형을 만지작거리면서 말했다.

"그때, 우리 수업 때 마지막으로 만든 로스카 빵 안에 들어 있었잖아요."

"그랬지. 행운의 주인공이 너였구나. 잊고 있었네."

이기호는 그때 일을 떠올렸다. 전생의 일처럼 아득했다. 영훈과 소연에게 떠밀리듯 한 일이었지만 그는 의욕에 넘쳐 있었다. 아이들에게 단순히 제빵사라는 직업을 소개하는 것 말고도 뭔가를 알려 주고 싶었다. 수업을 듣는 아이들은 어땠을지 몰라도 이기호는 재밌고 행복했다. 제빵사가 되길 잘했다고 생각한 건 그때가 처음이었다.

"이거 진짜 효력 있나 봐요. 내가 그날 이 인형한테 소원을 빌었는데, 이루어진 것 같아요."

말과 달리 진아의 표정은 소원을 이룬 아이답지 않았다.

"그래? 나한테 고맙다는 말 하고 싶은 거야?"

"아니요. 무르고 싶어요."

"무르고 싶다? 이유는?"

"말 못해요."

"설마 따지러 온 거 아니지?"

"아니라고 말 해 주세요. 아무런 효력 없다고요. 그거 거짓말이었다고요."

이기호가 어이없다는 듯이 말했다.

"그때도 말했을 텐데, 재미 삼아 한 거지. 그 인형이 소원을 들어주었다니, 그럴 리가 없잖아."

진아는 억울해 죽겠다는 듯 눈물이 글썽해서 그를 뚫어지게 바라보았다. 해명을 하라고 다그치는 것 같은 얼굴이었다.

그는 좀 당황스러웠다. 베이킹 강좌 마지막 시간에 로스카 빵을 만들기로 한 데 깊은 뜻이 있는 건 아니었다. 마지막 시간이니 기억에 남을 만한 걸 해 보자는 생각이었을 것이다. 음식이라는 것이 단순히 허기를 달래거나 식욕을 위해서만 존재하는 게 아니라 의미를 담을 수도 있다는 걸 알려 주고 싶었던 거다. 그런데 의도와 달리 예상하지 못했던 일이 벌어졌나 보다. 뭘 잘못했는지 모르겠지만 무슨 말이라도 해야 할 것 같았다.

"네가 그 소원을 이루기 위해 어떤 행동을 했어? 예를 들어 시험 백 점 맞게 해 달라고 기원만 하고 아무것도 하지 않았는데 만날 빵점만 맞던 네가 백 점을 맞았다고 치자. 그러면 뭔가 신비한 힘이 개입한 거겠지. 하지만 열심히 공부하면서 소원을 빌었다면 그건 너의 노력 때문에 이루어진 거야. 그만큼 간절하게 원했기 때문에 공부한 거고, 그게 이루어진 거지. 비유가 너무 유치했나?"

그의 말이 끝나기도 전에 진아가 울음을 터트렸다.

"난 아무것도 하지 않았단 말예요. 그리고…… 내가 원한 건 이런 식은 아니었단 말예요."

진아는 양손으로 얼굴을 감싸고 울기 시작했다. 세상이 무너진 듯 울었다.

이기호는 누구도 풀지 못한 복잡한 방정식 앞에 선 수학자의

심정이었다. 팔짱을 끼고 잠자코 진아를 바라보기만 했다. 소원이 이루어졌다고 울고 있는 아이에게 어떤 공식을 대입해야 하는지 알 리 없었다.

진아는 한참 울고 나서 말했다.

"내일 아침 일찍 무화과 캉파뉴 만들어 줄 수 있어요?"

"얼마나 일찍?"

"쌤이 할 수 있을 만큼 일찍."

"뭐 하게?"

진아는 휴지로 꼼꼼하게 얼굴을 닦고 나서 말했다.

"윤지 생일이에요. 윤지에게 가지고 갈 거예요."

로스카 빵과 거기서 나온 인형과 진아의 눈물과 윤지. 어떤 상관관계가 있는지 모르겠지만, 윤지 이름을 듣는 순간 이기호는 가슴이 먹먹해졌다. 그의 입에서 작게 한숨이 새어 나왔다.

"그러고 보니 우리 둘 같은 날, 같은 장소에서 베프를 잃은 동지구나."

"쌤도요?"

이기호는 대답하지 않고 일어나 주방으로 들어갔다. 애써 밝은 표정을 지어 보이며 진아에게 물었다.

"전에 베이킹 수업 하고 나서 빵 만들어 본 적 있어?"

진아가 고개를 저었다.

"무화과가 조금밖에 남지 않아서 내일은 만들지 않으려고 생지를 준비 안 해 놨는데, 특별 주문이니까 만들어야겠네. 나랑 같이 만들어 보지 않을래?"

벽에 걸린 시계를 보니 막 10시가 넘어가고 있었다.

"시간이 좀 늦었지만 반죽하는 데 그렇게 오래 걸리지 않을 거야. 오케이?"

"오케이."

"그럼 이리로 들어와."

그는 카운터 뒤 주방으로 통하는 문을 밀면서 진아에게 손짓했다.

진아의 기다란 속눈썹에 이슬처럼 눈물방울이 남아 있었다.

두 사람은 앞치마를 두르고 작업대 앞에 섰다. 커다란 보울에 밀가루를 담으면서 그가 말했다.

"내가 계량을 해 줄 테니, 반죽해."

"네."

늦은 시간에 집으로 돌아가던 동네 사람 몇이 빵집 앞을 지나다 고개를 갸우뚱했다. 만날 일찍 문을 닫는 빵집에 그 시간까지 불이 훤하게 켜진 건 드문 일이었다.

11. 우연한 빵집

아침에 일어나 창문을 여니 바람 한 덩이가 훅 달려 들어왔다. 공기가 하루 만에 달라졌다. 팔뚝에 오소소 소름이 돋았다. 창을 통해 보이는 길가의 가로수 이파리 몇 개가 푸른 채로 갑자기 뚝, 뚝 떨어졌다.

해마다 이날이 되면 늘 이랬다. 윤지가 이 세상에 온 날도 그랬다. 십칠 년 전 오늘, 전날보다 기온이 뚝 떨어진 날 아침에 이은주는 온몸을 쨍하게 하는 상쾌한 고통을 느꼈다. 진통이 시작된 후 한 시간도 안 돼 꼬마 윤지가 작은 열매처럼 툭 나타났다. 그때 그 쪼글쪼글한 분홍빛 열매를 보고 얼마나 기뻤던지. 작은 손가락과 발가락, 오만상을 쓰고 울던 못생긴 얼굴. 훗날 생애 최초로 찍은 그날의 사진을 보며 딸을 놀려 대던 일이 생각났다.

이은주는 남편과 함께 꽃집에 들러 빨간 장미 열여덟 송이를 샀다. 성년이 되기도 전에 세상에서 사라져 버린 딸에게 주는 생일 선물이었다.

추모 공원에는 부모보다 먼저 다녀간 사람이 있었다. 윤지의 영정 앞에 빵과 카드가 놓여 있었다. 카드에는 이런 글이 적혀 있었다.

생일 축하해. 넌 케이크보다 이걸 더 좋아했지.

카드에는 이름이 없었다. 혹시 딸의 남자 친구가 놓고 간 게 아닐까, 지레짐작하며 괜히 설레어했다. 딸에게 남자 친구가 있는 것 같았다. 슬쩍 떠보았을 때 윤지는 대답하지 않고 딴청을 부렸다. 얘기하고 싶어 하지 않는 것 같아 캐묻지 않았는데, 좀 후회가 되었다. 누구인지 알았더라면 함께 왔을 텐데. 추모 공원 입구에서 윤지가 있는 곳까지 나 있는 오솔길을 함께 걸으며 딸에 대한 얘기를 나누면 어땠을까 하는 생각을 잠깐 했다. 그 애와 있을 때 딸의 모습이 어땠을지 궁금했다. 그 애가 윤지에 대해 알고 싶어 하는 걸 얘기해 주고 싶었다. 하지만 금세, 다 부질없는 일이라고 고개를 저었다.

새침하게 놓여 있는 빵을 보고서야 딸이 빵을 좋아했다는 걸 기억해 냈다. 빵을 들고 오물오물 뜯어 먹던 딸의 모습이 떠올랐다. 이은주는 카드를 남긴 친구보다 무심한 자신이 한심해서 가슴을 쳤다. 그러다 문득 까마득하게 잊고 있던 어떤 기억이 떠올랐다. 벌써 십팔 년이나 지난 일이다.

이은주가 남편을 처음 만난 건 스무 살 때였다. 고등학교를 졸업하고 들어간 카메라 렌즈를 생산하는 공장에서였다. 남편은 스물다섯 살이었다. 두 사람은 공장에서 멀지 않은 곳에 있는 기숙사에 살며 자전거를 타고 출퇴근을 했다. 당시 남편은 생산관리 팀에서, 이은주는 품질관리 팀에서 일했다. 그리 큰 공장이 아니어서 두 사람은 일하다가 하루에도 몇 번씩 마주칠 수밖에 없어 자연스럽게 가까워졌다. 사실 '자연스럽게'는 아니었다. 그녀만 그렇게 알고 있었을 뿐.

어느 날 퇴근 후, 공장 안 자전거 거치대에 매어 둔 자전거를 풀고 막 올라타려 할 때였다. 근처에서 자전거를 풀고 있던 그 사람이 다급한 목소리로 말했다.

"바퀴에 바람이 빠졌어요."

내려서 확인해 보니 뒷바퀴 타이어가 완전히 주저앉아 있었다. 공기 주입구가 열려 있던 거다. 그 사람이 자전거에 바람을 넣어 주고 브레이크도 손봐 주었다. 고마운 마음에 가는 길에 아이스크림을 샀다. 무더운 날이었다. 그날 두 사람은 처음으로 긴 대화를 나누었다.

나중에야 남편이 고백했다. 그날 아침 이은주의 자전거 바퀴가 이상하다는 걸 눈치챘다고. 그걸 '자연스럽게' 가까워질 기회로 만든 거라고. 그날 퇴근 시간에 맞춰 서둘러 나가 기다리고 있었다고. 물론 그 얘긴 아주 나중에, 두 사람이 결혼하기로 약속한 뒤에야 했지만.

그렇게 시작된 만남은 서로에 대해 알아 나가면서 더 애틋해졌다. 두 사람 다 외로운 처지라 그랬을 것이다. 남편은 열 살도 되기 전에 부모를 잃고 형제들끼리 힘들게 살아왔다. 이은주 역시 칠 년 전 어머니를 잃고 홀아버지와 단둘이 지내다 그 얼마 전 아버지마저 돌아가셨다.

두 사람이 만난 지 얼마 되지 않아, 이르다고 할 수 있는 나이에 결혼한 건 그 때문이었다. 외롭게 살아온 두 사람은 하루 빨리 가족을 만들고 싶었다. 하루 일을 마치면 함께 장을 봐서 저녁을 해 먹고, 날 좋으면 산책도 하고, 아이가 생기면 놀이동산에도 가고……. 그런 평범한 생활을 간절하게 해 보고 싶었다.

결혼을 하고 두 사람은 열한 평짜리 낡은 전세 아파트에 둥지를 틀었다. 남편은 성실한 사람이었다. 보잘것없었지만 열아홉 살부터 차곡차곡 모은 돈에 대출금을 보태 마련한 집이었다. 그 집에 살 때 딸이 태어났다. 그곳에서 윤지가 다섯 살이 될 때까지 살았다. 언젠가 버스를 타고 그 집 근처를 지날 때 딸에게 말한 적 있다.

"저 집에 살 때 네가 태어났어."

딸은 그 집을 기억하지 못했다.

"내가 나중에 훌륭한 사람이 되면, 저기가 하윤지 생가, 뭐 이렇게 되는 건가?"

이은주는 그때 코웃음을 치며 딸에게 말했다.

"대충 훌륭하면 턱도 없지. 엄청나게 훌륭한 사람이 되어야지."

색이 바래고 금이 나 있는 아파트의 낡은 외벽을 가리키며 딸이 말했다.

"그 전에 아파트가 무너지게 생겼는데?"

"그러게. 우리가 살 때도 이미 낡은 아파트였는데 그때보다 더 안쓰럽게 낡았네."

"내가 훌륭한 사람이 되기도 전에 집이 사라질 것 같아."

그런 말을 하며 모녀가 하하 웃어넘겼다.

며칠 전 지나가다 그 아파트가 외벽을 색칠해 감쪽같아진 걸 보았다. 딸아이는 훌륭한 사람이 될 기회조차 갖지 못한 채 떠나갔는데, 아파트는 심지어 번듯해 보이기까지 했다.

부부는 빨리 아이를 갖고 싶었다. 어린 시절을 행복하게 보내지 못한 두 사람은 아이가 생기면 이렇게 키우자, 아니다 저렇게 키우자, 이것도 하자 저것도 하자, 그런 이야기를 나누다 잠들곤 했다. 하지만 윤지를 만나기 위해서는 조금 더 기다려야 했다. 윤지가 오기 전에 다른 아기가 먼저 왔고, 그 아이는 배 속에 아주 잠깐 머물다 가 버렸다. 이은주는 낙담했지만 금세 이겨 냈다. 부부는 젊었고, 아이가 태어나기 전에 전셋집이나마 방 두 칸짜리로 이사 가자는 목표가 있었기 때문이다. 그 목표를 위해 두 사람은 야근과 잔업을 마다하지 않고 일했다.

그런데 어느 날, 두 사람이 출근했더니 회사 정문이 닫혀 있었다. 직원들이 닫힌 문 앞에서 어리둥절한 얼굴로 모여 있었다. 그 공장에서 생산하던 렌즈는 유명한 카메라 회사에 납품했는데, 얼마 전 나라를 뒤흔든 IMF의 여파로 회사가 부도난 것이었다. 사실 직원들은 두 달 전부터 월급을 받지 못하고 있었다. 직원들이 술렁일 때 사장은 걱정하지 말라고 큰소리쳤다. 일본 카메라 회사에 수출할 수 있게 되었다고, 괜찮다고 했다. 딱 한 달만 기다리면 된다고. 하지만 그 한 달이 두 달이 되고, 세 달이 되기 전에 회사가 폭삭 망한 것이다. 눈치 빠른 몇몇 사람들은 다른 일자리를 구해 나가기도 했지만 두 사람은 끝까지 버티고 있었던 건데, 결국 밀린 월급은커녕 퇴직금조차 받지 못하게 되었다. 부부는 굳게 닫힌 공장 철문 앞에 하루 종일 주저앉아 있었다.

그 뒤 두 사람은 아침이면 각자 일자리를 찾으러 나갔다. 쉽지 않았다. 많은 회사들이 문을 닫거나 정리해고를 하던 때였다. 있는 사람들마저 쳐내야 하는 마당에 새로운 사람을 뽑는 곳은 없었다.

그즈음 어느 날, 이은주는 집에서 한 시간 반이나 걸리는 곳에 있는 공단에 일자리를 찾으러 갔다. 결국 일자리는 구하지 못하고 지쳐 돌아오던 중, 버스에서 내려 집을 향해 걸어가는데 갑자기 핑 돌았다. 눈앞이 노래지고 다리가 휘청거려 가로수를 잡고 한참 서 있어야 했다. 그때 어디선가 흘러나오는 좋은 냄새를 맡게 되었다. 달큰하고 구수하고, 말로 설명할 수 없는, 미치게 하는 냄새였다. 그 냄새를 맡자마자 갑자기 힘이 났다.

주변을 둘러보다가 멀지 않은 곳에서 간판 하나를 발견했다. 거리에 면한 곳에 세워 놓은 흰색 간판에 '빵'이라는 글자가 검정색 붓글씨체로 커다랗게 씌어 있었다. 촌스럽지만 정감 있는 글씨였다. 그 글자 아래 화살표가 있었다.

화살표가 가리키는 골목 쪽으로 걸어갔다. 발길이 무엇에 홀린 것처럼 냄새 나는 곳으로 움직였다. 골목 안쪽에 빵집이 있었다. 달큰한 냄새의 진원지였다.

빵집 문을 열자 냄새가 홍수처럼 그녀를 덮쳤다.

"어서 오세요."

식빵처럼 폭신하게 생긴 아주머니가 커다란 쟁반을 들고 서 있었다. 쟁반에는 방금 오븐에서 꺼냈는지 김이 모락모락 나는 단팥빵이 가지런하게 놓여 있었다.

이은주는 쟁반을 빤히 바라보았다. 쟁반에 있는 열 개도 넘는 빵을 다 먹을 수 있을 것 같았다. 모르긴 해도 작은 짐승을 노리는 맹수처럼 눈빛이 빛났을 것이다.

식빵 같은 아주머니가 말했다.

"단팥빵 드릴까?"

이은주는 고개를 힘차게 주억거렸다.

"몇 개나?"

대답 대신 손이 어느새 쟁반 위의 빵을 집어 들고 있었다. 통통한 빵을 한 입 덥석 베어 물고 나서 이은주는 이렇게 말했다.

"다 주세요. 전부요."

단팥빵이 수북이 쌓인 접시와 그 많은 빵을 게걸스럽게 먹었던 장면이 드문드문 기억났다.

빵집 아주머니가 맞은편 자리에 앉더니 우유가 담긴 컵을 건네며 말했다.

"아이 가졌나 보네. 이건 서비스예요. 천천히 들어요."

그 순간 알게 되었다. 아, 내 안에 누군가 와 있었구나.

이은주는 소화기관이 약해 평소 밀가루로 만든 음식은 입에도 대지 않았다. 그렇게 탐욕스럽게 빵을 먹었던 게 단지 허기 때문만은 아니었던 거다. 다른 누군가의 식욕이었다. 그렇게 기다렸는데, 아기가 노크를 하면 요란하게 환영해 주려고 했는데, 그런 식으로 알게 되다니. 아기에게 미안했다. 하지만 제대로 미안해하지도 못했다. 그 작은 존재를 알아차리자마자 주머니에 돈이 한 푼도 없다는 게 떠올랐다. 눈앞이 노랬다. 좀 전과는 다르게 앞이 노래졌다. 더 이상 빵을 먹을 수가 없었다. 이미 빵이 목까지 차 있기도 했고, 덜컥 겁이 났다. 그제야.

그날 빵집 아주머니는 빵값을 받지 않았다. 왜 그랬을까? 그 이후의 일이 잘 생각나지 않았다. 어떻게 그 일을 까맣게 잊고 있었을까? 그리고 왜 이제야, 십팔 년이나 지난 지금에서야 이토록 선명하게 떠오른 걸까?

그러고 보니 딸을 맞이할 때도 보낼 때도 자신은 너무나 한심했다. 태어나 고작 십칠 년 곁에 있었는데, 충분히 사랑해 주지도 못하고, 제대로 지켜 주지도 못하고…….

윤지가 배 속에 있을 때, 아기의 모습을 볼 수는 없었지만 그 존재를 온몸으로 느낄 수 있었다. 조그만 것이 자신 안에서 음식 투정을 하고, 꼼지락거리고, 발로 팡팡 차기도 했다. 그리고 지금은 곁에 없지만, 그 애의 모든 것을 떠올릴 수 있다. 뽀송뽀송하고 뽀얀 얼굴, 달릴 때마다 찰랑거리던 머리카락, 눈이 반달 모양이 되어 웃는 모습, 하얗고 길쭉한 손가락…… 전부 생생하게 떠오른다. 하지만 그 어떤 것도 만질 수 없다. 까르르 웃는 소리도, 노랫소리도 들을 수 없다.

윤지는 예정되어 있던 날이 지나도 나올 기미가 없었다. 의사는 조금만 더 기다려 보자고 했다. 하루만 더, 하루만 더, 하다가 일주일이 넘어서야 나오겠다고 신호를 보냈다. 이 세상에 나오는 게 별로 내키지 않는다는 듯이.

'내가 앞으로 살아가야 할 바깥세상이 얼마나 엉망진창인지 알아요. 나 그냥 엄마 배 속에 있을래요. 그런 마음이었던 거니?'

이은주는 이제 와 새삼 그런 생각을 한다.

윤지가 태어난 뒤 모든 걸 '딸'이라는 거름망을 통해 바라보게 되었다. 이 세상에서 벌어지는 일들이 어느 것 하나 예사롭게 여겨지지 않았다. 텔레비전에 아프리카의 굶주린 아이들 모습이 나오면, 내 딸이 굶어 그렇게 되었다면…… 하고 상상했다. 그럴 때면 가슴이 시큰거리고 눈물이 흘렀다. 내전 중인 중동 어느 나라에서 소녀들이 강간당했다는 뉴스를 접하면 분노로 입에서 저절로 욕이 나왔다. 왕따로 괴로워하던 아이가 아파트 옥상에서 뛰어내렸다는 뉴스를 들었을 때는 어찌나 가슴이 두근거리던지. 그날 밤 딸이 잠든 뒤에 전화랑 가방이랑 책상 서랍을 뒤지기까지 했다. 그걸 눈치챘는지, 다음 날 윤지는 괜스레 신경질을 내며 아침도 먹지 않고 학교에 갔다. 아마도 심증은 있는데 물증이 없어 따지지도 못하고 시위한 거겠지.

하지만 그녀는 세상 곳곳에서 일어나는 험악한 일들에 분노하고 걱정만 할 줄 알았지, 아무 일도 하지 않았다. 하다못해 텔레비전에서 유니세프 광고를 보던 윤지가 훌쩍이면서 '엄마, 우리도 저기 후원금 보내자.' 했을 때도 흘려듣기만 했다.

그렇게 마음이 예쁜 딸이, 분홍빛 사랑스러운 열매가 참극의 희생자가 되었다. 이은주는 그제야 이 모든 일들이 도대체 왜 벌어진 건지, 나는 무엇을 해야 하는지 생각하기 시작했다. 하지만 여전히 아무 일도 하지 않았다. 절망에 빠져 있을 뿐이다. 넋 놓고 하루하루 시간을 흘려보낼 뿐이다.

이은주는 오래전 그 빵집이 있던 곳에 가 보기로 했다. 기억을 더듬어 두리번거리며. 그런데 세상에, 바로 지척이었다. 그 근처를 한두 번 지나간 것도 아닌데 어떻게 그때 일을 한 번도 떠올리지 못한 걸까? 빵집이 있던 자리, 간판 대신 차양에 '빵'이라는 글자만 조그맣게 씌어 있는 가게가 있었다. 예전 가게와 외관은 좀 달랐지만 왠지 같은 집일 거라는 생각이 들었다.

빵집 앞에서 감상에 잠기려는 순간, 가게 문이 열렸다. 안에서 예닐곱 살 된 여자아이가 엄마 손을 잡고 나왔다. 아이 엄마 손에 들린 종이 봉지가 낯설지 않았다. 그러고 보니 딸이 자주 사 들고 오던 빵이 바로 이 집 거였다는 생각이 들었다. 언젠가 딸이 베이킹 수업을 들었다는 제빵사의 가게일지도 모른다. 이런 우연이 있다니.

이은주는 가게 안으로 들어갔다. 빵집 안은 십팔 년 전과 같은 듯 다른 느낌이었다. 뭐가 비슷하고 뭐가 달라졌는지는 알 수 없었다. 오래전 딱 한 번 와 봤을 뿐이니. 더구나 그때는 제정신이 아니었다.

"어서 오세요."

카운터에서 인사하는 사람은 윤지 또래 여자아이였다. 단정하게 머리를 묶고 흰색 앞치마를 두르고 있었다.

'나도 참. 그때가 언젠데, 아직도 그 아주머니가 여기 있을 리가 없지.'

십팔 년 전 그날 남학생 하나가 '다녀왔습니다.' 하며 가게 안으로 들어왔던 게 떠올랐다. 기억이라는 건 참 놀라웠다. 하나가 떠오르니 줄기를 뽑으면 딸려 나오는 고구마처럼 주렁주렁 크고 작은 기억들이 따라 나왔다.

그 남학생은 식빵 같은 아주머니의 아들이었을 것이다. 지금 그녀의 나이보다 많았던 것 같으니, 그분은 이제 할머니가 되었겠지.

카운터 뒤쪽 주방을 힐끗 보았다. 조리복을 입은 삼십 대 중반쯤 되어 보이는 남자가 오븐 앞에 서 있었다. 어쩌면 그때 그 남학생일지도 모른다. 요즘 부모 직업을 물려받는 젊은이가 많지는 않겠지만, 어쩐지 그럴 것 같았다. 가게 이름이 없는 거 하며, 모던한 느낌이 나긴 하지만 분위기도 그때와 비슷한 것 같았다.

이은주는 혼자 추측을 하고 혼자서 결론 내렸다. 그 집이 맞을 거야. 뭐, 아님 말고.

뭐, 아님 말고. 딸이 자주 쓰던 말이다. 윤지가 그렇게 말할 때마다 질색하곤 했는데. 매사에 진지하지 못하다고, 허튼소리나 하는 애 같다고 잔소리를 했다. 그런데 해 보니 재미있다. 아님 말고. 아님 말고. 아님 말고. 입속에서 자꾸 말해 보았다. 그러자 윤지 목소리가 들리는 것 같았다.

'엄마, 나 많이 보고 싶지? 뭐, 아님 말고.'

보이지 않는 딸에게 말하고 싶었다.

'어떻게 널 보고 싶지 않겠니? 아빠 엄마는 서로에게 상처 주지 않으려고 그 말조차 꺼내지 못하고 있단다.'

이은주는 오래전 어느 날 앉았던, 비슷한 자리에 가서 앉았다. 주방을 볼 수 있는 자리였다. 카운터에 있던 여자아이가 다가와 말했다.

"주문 도와 드릴까요?"

화장기 없이 말간 얼굴에 느릿느릿한 말투, 큰 키. 윤지와는 분위기가 완전히 달랐지만 그 애와 눈이 마주치자 가슴이 쿵, 내려앉았다.

이은주는 얼른 시선을 돌렸다. 바로 옆 매대에 놓여 있는 빵을 가리키며 말했다.

"우유 한 잔이랑 저거 줄래요?"

"단팥빵이요? 드시고 가시는 거죠? 우유는 데워 드릴까요?"

"네, 아니, 우유는 그냥 주세요."

따뜻한 걸 마실까 하다 얼른 마음을 바꿨다. 조금이라도 아이의 수고를 덜어 주고 싶었다. 아이가 가져다준 우유와 빵을 앞에 놓고 주방 쪽을 바라보았다. 청년이 왔다 갔다 하는 모습을 보고 있자니 리듬이 느껴졌다. 가게에 음악을 틀어 놓은 것도 아닌데 음악 소리가 들리는 듯했다.

우유를 한 모금 마시고 카운터에 앉아 있는 여자아이를 힐끗 보았다. 실례인 줄 알지만 자꾸 눈이 그리로 갔다. 그 아이가 뒤돌아 있으면 물끄러미 바라보다 몸을 돌리면 얼른 딴 데를 보았다.

버스에서, 길에서, 윤지 또래 여자아이들을 보면 자꾸 눈길이 갔다. 때론 눈물이 났고, 때론 심술이 났다. 너희들은 잘 살고 있구나, 하며 외면하곤 했다.

아주 잠깐 그렇게 있었다고 생각했는데 시간이 꽤 흘렀나 보았다. 청년이 자신을 바라보고 있다는 것을 깨달았다. 눈이 마주쳤다고 생각한 순간, 청년이 밖으로 나왔다. 모자도 조리복도 벗어 버리고 올리브색 티셔츠에 청바지 차림이었다.

얼른 빵 한쪽을 떼어 입에 넣었다. 그런데, 그게 입안으로 들어가자마자 갑자기 안에서 뭔가 치밀어 오르더니 눈물이 흐르기 시작했다. 두 손으로 얼굴을 가리고 팔꿈치를 탁자에 올려놓고 오래오래 울었다. 울음을 멈추고 얼굴에서 손을 뗐을 때 앞에 청년이 서 있었다.

"괜찮으세요?"

괜찮은 건지, 그렇지 않은 건지 알 수 없었다. 청년의 얼굴을 보자 무슨 말이라도 해야 할 것 같았다.

"괜찮아요."

대답은 했지만, 마음 한 켠에서 무언가 뾰족하게 튀어나왔다.

'나, 괜찮아도 되는 걸까?'

빵집 청년이 고개를 약간 숙이고 물었다.

"혹시 빵에 문제가 있거나……?"

"아니, 아니에요."

청년의 우려 섞인 질문에 대한 답이 좀 부족한 듯해서 덧붙였다.

"저…… 혹시 빵 만드는 거 어렵나요?"

생각지도 못한 말이 튀어나왔다. 그 순간 언젠가 딸이 직접 만들었다며 입에 넣어 준 빵을 떠올렸던가 보다. 아니면 이 사람이 딸에게 그 빵 만드는 걸 가르쳐 준 사람일 거라고 생각해서였을지도. 그런데 그게 아니었다. 사실 이은주는 느닷없이 자기 입에서 그 말이 왜 튀어나왔는지 알고 있었다. 그때 딸에게 한 말을 똑똑히 기억했다. '이런 거 배우는 시간에 책을 한 자라도 더 보지, 뭐하는 거야?'라고 매정하게 말했던 것을. 딸이 나중에 빵집 주인이 되고 싶다고 했을 때도 그랬다. 쓸데없는 소리 하지 말라고, 하고많은 멋진 직업 중에 왜 하필 빵집 주인이냐고 면박을 주었다. 섭섭했을 것이다. 화나고 마음 아팠을 것이다. 딸이 무엇에 관심 있는지, 어떤 생각을 하고 있는지 물어보지도 않았으면서, 왜 그랬던가.

청년이 말했다.

"제빵 배우고 싶으세요?"

이은주는 당황해서 더듬거리며 말했다.

"사, 사실 빵을 좋아하진 않아요. 그런데 여기서 보고 있으니까 나도 한번 만들어 볼까, 하는 생각이 드네요."

이 말은 진심이었다. 가게 안의 따듯한 공기와 편안하고 부드러운 분위기 때문인지 잠깐 그런 생각을 했다.

청년이 그 말을 곱씹듯 두어 박자 쉰 뒤에 말했다.

"저도 예전엔 빵을 그렇게 좋아하지 않았는데 만들다 보니 좋아졌어요. 허여멀건 밀가루 덩어리가 부풀어서 노릇노릇해지고 근사한 냄새까지 뿜어내며 오븐에서 나오는 걸 보면, 뭐랄까…… 이런 표현 좀 그렇지만 아이를 낳으면 이런 기분일까, 하는 생각마저 들어요."

조용조용한 말투, 진하지 않은 얼굴 윤곽, 차분한 표정. 음식 만드는 일을 하는 사람처럼 보이지는 않았다. 이마에 송송 맺힌 땀방울과 팔뚝에 묻어 있는 밀가루만 아니면 연구실에서 막 실험하다 나온 사람으로 보일 법도 했다.

이은주는 땀 흘리며 일하는 사람을 보면 어깨를 다독여 주고 싶었다. 힘내라고 말해 주고 싶었다. 젊은 날 남편에게 호감을 갖게 된 것도 일하는 모습 때문이었다. 남편은 다르게 알고 있지만. 그가 노래방에서 「사랑밖에 난 몰라」를 열창하고 난 뒤에 많은 사람들 앞에서 고백을 했다. 남편은 그녀가 그 순간부터 자신을 좋아하게 되었다고 알고 있다. 그 훨씬 전부터 좋아하고 있었는데. 남편은 공장에서 일할 때도, 세탁소에서 일할 때도 늘 콧노래를 부르거나 휘파람을 불었다. 하지만 그날 이후, 딸이 떠난 이후, 노랫소리를 더는 들을 수 없었다. 다림질을 하거나 세탁물을 분류하고 정리할 때면 듣던 그 노랫소리가 그리웠다. 딸의 얼굴만큼이나 그리웠다.

빵집 청년이 말했다.

"연락처 하나 주시면 배울 만한 곳 알려 드릴 수 있는데……."

이은주는 그냥 웃었다. 속으로는 이런 생각을 했다.

'남들이 보면 미친 여편네라고 하겠지? 딸은 바다에 잃고, 생업은 뒷전이면서, 빵 만드는 거나 배우고 다닌다고 말이야.'

이은주는 이 청년이 예전 그 아주머니의 아들이 분명하다고 생각했다. 생김새는 많이 달랐지만 청년의 얼굴에서 포근포근한 아주머니의 미소가 언뜻 보인 것 같았다.

빵집 문을 나서면서 그녀가 물었다.

"오래전부터 이곳에 있었던 그 빵집 맞죠? 간판에 '빵'이라고만 적힌 걸 보니……."

"네, 맞아요. 저희 부모님이 하셨는데, 이제는 제가 합니다."

이은주는 원하는 대답을 들은 듯, 마치 그 대답을 듣기 위해 온 듯 만족스러운 얼굴로 그곳을 나왔다. 한참 걸어가다 뒤돌아보았다. 빵집의 흰색 차양이 바람에 나풀거리고 있었다. 잘 가라고 손을 흔드는 것 같았다.

그녀는 생각했다.

'윤지야, 이 빵집, 우연인 걸까?'

12. 명왕성처럼

"우리 가게는 왜 이름이 없어요?"

테이블을 정리하던 하경이 물었다.

그렇게 물어본 사람이 하경이 처음은 아니었다. 진짜 궁금한 건지, 그냥 묻는 건지 몰라도 손님들이 계산을 하면서 묻곤 했다. 하경도 손님들에게서 여러 번 들었을 것이다.

이기호는 유리문을 통해 저만치 멀어지는 아주머니의 뒷모습을 보고 있었다.

이기호의 아버지는 이 자리에서 그럴듯한 간판 하나 없이 이십 년 넘게 빵을 구웠다. 아버지가 빵을 만들어 판 돈으로 그는 밥을 먹고, 공부를 하고, 때론 부모 속을 썩이면서 어른이 되었다. 아버지가 돌아가시고 나서 문 닫은 빵집을 다시 열기로 했을 때 다른 건 몰라도 이름만은 제대로 지어 볼 생각이었다. 오픈 준비 하면서 날마다 백지에 가게 이름 후보를 한가득 적었다. 끝내 맘에 드는 게 하나도 나오지 않았다. 가게 내부도 공사하고 메뉴며 제빵 기계며 집기 등 거의 모든 걸 바꾸었지만 결국 이름만은 어쩌지 못했다. 마음에 드는 이름이 생각나면 그때 제대로 간판을 달자고 생각하고 가게를 열었다. 아침에 가게 문을 열다가 '빵'이라고만 적힌 흰색 차양을 볼 때면 책가방 없이 학교에 온 학생처럼 어딘지 허전하기도 했다. 그런데 간혹 텅 빈 괄호 같은, 이 간판 같지 않은 간판을 보고 들어오는 사람이 있었다. 오래전부터 이곳에 있던 아버지의 빵집을 기억하는 이들이었다. 조금 전 그 아주머니처럼.

영훈도 '이름 없음' 때문에 이곳을 찾아 들어온 사람 중 하나다. 이기호가 숙제처럼 남아 있던 이름 짓기를 포기한 건 영훈 때문인지 모른다.

영훈은 명왕성 이야기를 자주 했다. 이기호가 영훈에게 명왕성에 대한 이야길 처음 들은 건 중학교 2학년 때였다. 어느 날 밤, 중학생 기호와 영훈은 독서실 옥상에서 컵라면을 먹고 있었다. 밤하늘에 구름 한 점 없고 별이 총총한 날이었다. 컵라면이 익기를 기다리며 하늘을 올려다보던 영훈이 말했다.

"명왕성, 하데스, 플루토늄. 이 셋의 공통점이 뭔지 알아?"

기호는 채 익지 않은 컵라면을 나무젓가락으로 휘저으며 귀찮다는 듯 대꾸했다.

"퀴즈야? 음…… 명왕성은 수금지화목토천해명, 태양계 마지막 행성. 하데스는 그리스 신화에 나오는 신이고, 플루토늄은 무슨 원소 같은데……. 아, 몰라. 뭔데? 그 공통점이."

영훈이 대답했다.

"플루토."

영훈의 목소리가 짝사랑하는 상대의 이름이라도 부르듯 아련했다.

"플루토? 디즈니 만화에 나오는 강아지 플루토?"

"아마 그 강아지 이름도 명왕성에서 따온 걸 거야. 하데스는 그리스 신화에 나오는 죽음의 신이야. 로마 신화에서는 플루토라고 하고. 아홉 번째 행성이 발견되었을 때 그 이름을 공모했는데, 전 세계에서 천 개가 넘는 이름이 몰려왔대. '플루토'라는 이름을 보낸 사람은 열한 살짜리 여자애였어. 태양에서 가장 멀리 떨어져 있고, 춥고 어두운 곳을 떠도는 행성이니까 저승의 신인 플루토와 어울린다고 생각했다는 거야."

"아……."

"플루토늄은……."

"플루토늄, 나 생각났어. 핵무기 원료. 맞지?"

기호는 자신의 상식에 스스로 놀라며 외쳤다.

"어, 맞아."

"플루토늄은 왜 플루토늄이 된 거야? 그것도 공모했대냐?"

"글쎄…… 그건 잘 모르겠는데, 관습적으로 그랬을 거야. 아흔두 번째로 발견된 원소는 천왕성 우라노스의 이름을 따 우라늄이라 했고, 아흔세 번째로 발견된 원소는 해왕성 넵튠의 이름을 따 넵투늄이라는 이름을 붙였거든. 그러니까 아흔네 번째 원소에 명왕성의 이름을 갖다 붙이는 건 자연스러웠는데, 하필 그게 핵무기 원료가 되어 죽음의 원소가 된 거지."

"그 원소를 발견하고, 이름 붙인 사람들은 그게 수많은 사람을 죽음으로 몰아넣을 거라는 걸 예상했을까?"

열다섯 살 소년들이 컵라면을 먹으며 나누는 이야기치곤 건전한 감이 없지 않았다. 영훈과 있으면 늘 그런 식이었다.

둘은 비슷한 듯하면서도 많이 달랐다. 영훈은 늘 뭔가를 읽고 있었는데, 대개 우주에 관한 책이었다. 기호 역시 늘 뭔가를 읽고 있었는데, 대개 소설책이나 만화책이었다. 영훈은 국어와 역사 점수는 별로 좋지 않았지만 수학과 과학에선 전교 최고였다. 기호는 수학과 과학엔 젬병이었고 국어와 역사는 다른 과목에 비해 약간 잘하는 정도였다. 두 사람이 가까워지게 된 건 영훈의 이야기 때문이었다. 이야기책은 좋아하면서 말주변은 없는 기호와 달리 영훈은 이야기꾼이었다. 특히 별과 우주에 대한 것이라면 이야기 로봇처럼 이야기를 줄줄 쏟아냈다.

두 사람은 고등학교에 가서도 붙어 다녔다. 2학년 때 영훈은 이과를, 기호는 문과를 선택해 반은 달라졌지만 학창 시절 이기호가 속마음을 털어놓은 친구는 영훈밖에 없었다. 고등학교를 졸업하고 영훈은 일류대에 입학하고 이기호는 재수를 했다. 얼마 뒤 영훈의 집이 이사했다. 그때부터 한동안 서로 만나지 못했다. 먼 곳에 살다 보니 자주 보기 어렵기도 했지만 아마 삼수 끝에 간신히 수도권에 있는 대학에 들어간 이기호가 자격지심에 만나길 꺼려했을 것이다.

독서실 옥상에서 명왕성에 대해 이야기를 나누고 나서 십 년쯤 지났을 때, 둘은 다시 그 비슷한 얘길 나누었다. 그들은 어엿한 청년이 되어 있었고 앞에는 컵라면 대신 맥주잔이 놓여 있었다. 이기호가 입대하기 얼마 전이었다. 어떻게 알았는지 영훈이 연락을 해 왔다. 2006년 늦여름이었을 것이다. 영훈은 약속한 시간이 한참 지나서 비통한 표정으로 나타났다. 이기호는 자신이 입대하는 게 섭섭해서 그런가 보다고 생각해 짐짓 의연한 척 말했다.

"자식, 오버하지 마."

영훈은 맥주잔을 순식간에 비우더니 분노에 찬 목소리로 말했다.

"명왕성이 더 이상 행성이 아니라는 게 말이 되냐?"

"대체 뭔 소리야?"

오랜만에 만나는 친구 입에서 나온 첫마디가 명왕성의 안부라니, 어이가 없었다. 영훈의 말에 따르면 두 사람이 만난 그날, 명왕성이 태양계에서 '행성' 지위를 잃고 '왜소행성'으로 격하되는 수모를 겪었다는 것이다. 행성과 왜소행성이라는 단어를 발음할 때, 영훈은 손으로 맥주잔 손잡이를 부숴 버릴 듯이 힘껏 움켜쥐었다.

영훈이 명왕성의 역사와 운명에 대한 기나긴 이야기를 늘어놓기 시작했다. 술 때문인지 명왕성 때문인지 영훈의 얼굴이 벌게졌다. 이기호는 중학교 때의 일을 떠올리며 맥주를 홀짝였다. 명왕성에 대한 애도의 말을 한껏 쏟아놓은 뒤에야 영훈은 이기호의 잔에 자신의 잔을 부딪쳤다.

"자, 건배! 명왕성을 위해!"

술에 취해 친구와 어깨동무를 하고 함께 「입영 전야」를 부를 것이라고 기대하진 않았지만 적어도 영훈이 자신을 위해 건배라도 해 줄 줄 알았다. 입영을 하루 앞둔 날 태양계에서 퇴출되는 명왕성을 위해 건배를 하게 될 줄이야. 명왕성에 바치는 영훈의 애도사는 끝난 게 아니었다. 어찌나 애통해하는지 다음 날 머리를 빡빡 깎아야 하는 이기호가 오히려 영훈을 위로해 주어야 할 판이었다.

"톰보•의 유골이 뉴호라이즌 호를 타고 지금 명왕성을 향해 가고 있다고. 그런데 이 사실을 알면 그가 얼마나 기가 막히겠냐? 이제 이름도 명왕성이 아니라, 소행성 134340이란다. 죄수냐? 번호로 부르게?"

이기호는 그의 분노에 전혀 공감하지 못했다. 마른 오징어의

몸통을 가늘게 찢어 땅콩에 돌돌 말며 건성으로 말했다.

"나쁘지 않네, 뭐. 어린 왕자가 살던 별도 그 비슷한 이름 아니었냐? 이름이 뭐가 중요해."

영훈이 흥분해서 외쳤다.

"야, 이기호. 넌 네 이름 대신 주민번호로 불리면 좋겠냐?"

"애초에 이름을 잘못 지었네. 네가 그랬잖아. 플루토는 죽음의 신이라고. 죽음의 신이 태양계에 있을 순 없잖아. 그러니 퇴출될 수밖에 없지. 이름값 했네."

그날이 그들의 이십 대에서 마지막 만남이었다. 그로부터 칠 년이 지나 이 이름 없는 빵집에서 영훈을 다시 만난 것이다. 영훈이 칠 년 만에 이기호를 찾아낸 것도 '이름 없음' 때문이었다. 그리고 영훈은 더 이상 태양계에 속하지 않는 명왕성처럼, 지구별에 속하지 않는 존재가 되었다.

•클라이드 톰보: 1930년 최초로 명왕성을 발견한 미국의 천문학자. 자신의 유해를 우주로 보내 달라는 톰보의 뜻에 따라 NASA는 명왕성 탐사선 뉴호라이즌 호에 그의 유골을 실었다. 그가 발견했을 때 명왕성의 크기가 지구와 비슷할 것으로 짐작됐으나 천체관측술이 발달하면서 명왕성의 지름이 달의 66%에 불과하고 질량도 지구의 0.24%밖에 안 되는 것으로 확인됐다. 게다가 국제천문연맹이 정한 행성의 새로운 기준에 맞지 않게 되어 '행성 명왕성'은 '소행성 134340'이라는 번호명으로 바뀌었다.

13. 캉파뉴의 집

"팥을 넣고 엄지를 사용해서 반죽을 오므리면 돼. 이렇게."

손이 묘기를 부리는 것 같았다. 하얀 반죽 안에 밤톨만 한 단팥소를 넣자마자 순식간에 작은 공 모양이 되었다. 이기호는 손바닥으로 동그란 반죽을 한 번 꾹 눌러 주고 빵틀에 놓았다.

밀가루 반죽으로 종이접기라도 하듯 날렵하게 움직이는 손을 보며 하경은 캉파뉴의 블로그에서 본 글을 떠올렸다.

나의 베이킹 선생님, 빵쌤.

사진 찍는 거 완전 싫어하셔서 손만. ㅋㅋ

이 손이 바로 맛손.

반죽을 매만지는 이기호의 손을 볼 때마다 생각났다. 하도 많이 읽은 탓에 조사 하나까지도 그대로 기억하고 있다. 정작 당사자는 자신의 손이 누군가의 블로그에 올라가 있다는 걸 알 리 없을 테지만.

이기호는 설명을 계속했다.

"자, 이제 마지막으로 가운데를 이렇게 크게 꾹 눌러 줘. 배꼽을 너무 작게 만들면 2차 발효되고 오븐에서 구워지는 동안 반죽이 부풀며 사라져 버리니까 충분히 크게. 알았지? 한번 해봐."

이기호가 하경에게 공을 넘겨주었다.

하경은 그걸 쥐고 살금살금, 소심하게 빵 반죽 위에 동그라미를 그리듯 눌러 주었다.

"어우, 잘하는데."

하경은 자신이 손으로 하는 건 종류 불문 젬병이라는 걸 잘 알고 있었다. 빈말인 줄 알지만 기분은 좋았다. 사장님은 늘 칭찬부터 해 놓고 충고를 하든 야단을 치든 했다. 그래서 야단 맞아도 기분 상하지 않았다. 칭찬에 인색하지 않은 사람과 함께 일하는 건 어쨌든 기분 좋은 일이다.

다섯 달 전만 해도 빵집에서 알바할 계획 같은 건 없었다. 그런데 이렇게 오랫동안 일하게 되고 심지어 빵 만드는 걸 배우다니. 하경은 손에 단팥빵 생지를 들고 있는 이 순간에도 실감이 나지 않았다.

이곳에서 일하게 된 건 정말 우연이었다. 그 우연은 '캉파뉴의 집'이라는 블로그에서 시작되었다. 그곳을 알게 된 건 오빠 때문이었다.

하경은 오빠가 그렇게 떠나 버린 게 믿어지지 않았다. 뉴스에서나 보던 일이 어째서 우리 가족에게 일어난 건지, 오빠가 왜 그런 일을 저질렀는지. 그럴 리가 없다고 생각했다. 사실이 아닐 거라고. 하경이 아는 전윤석은 자기 팔에 앉은 모기도 못 잡는 사람이었다. 자기 자신을 해칠 수 있는 사람이 아니었다. 차라리 누군가를 구하다 사고를 당했다거나 모기에 물려 전염병에 걸렸다면 믿을 수 있었을 것이다. 하경이 아는 한 오빠는 그럴 사람이 아니었다. 납득할 수 없었다.

오빠가 남긴 것들을 모조리 뒤져 살펴보았다. 뭔가 알 수 있지 않을까 해서이기도 했지만 그것 말고는 할 수 있는 게 없었다. 일기장 같은 건 없었다. 짐작한 일이었다. 오빠가 일기 쓰는 걸 본 적 없으니까. 컴퓨터와 외장하드, 수첩, 블로그. 모두 샅샅이 뒤졌다. 오빠는 블로그를 꽤 열심히 했다. 그 블로그를 만들어 준 건 하경이었다. 윤석은 못 말리는 기계치였다. 운전면허도 세 번의 도전 끝에 간신히 땄을 정도다. 컴퓨터를 하다가 파일을 날리기 일쑤였고 집안의 전자 제품들도 그가 건드리면 고장이 났다. 마이너스의 손이었다. 오빠는 컴퓨터에 문제가 생기거나 보고 싶은 영화 파일을 찾을 때마다 하경을 호출했다. 하경은 그것을 빌미로 오빠에게 용돈을 뜯어내기도 했다. 그런데 신기하게도 카메라만은 하경의 손을 빌리지 않고도 잘 다루었다.

오빠의 블로그 어디에도 절망적인 내용이라든가 세상을 원망하는 글은 없었다. 오히려 오빠가 삶의 순간순간을 얼마나 사랑했는지 알 수 있었다. 오빠는 유독 학교 풍경과 십 대들의 사진을 많이 찍었다. 인물 사진 대부분은 교복 입은 아이들이었다.

담벼락 주변에 모여 수상쩍은 작당을 하고 있는 듯한 남학생들 뒷모습, 함께 모여 카메라를 향해 못생긴 표정을 지어 보이는 한 반 아이들, 나리꽃처럼 웃으며 신나게 운동장을 달리는 여자 아이들. 벤치에 앉아 있는 남학생들의 다리만 찍은 사진도 있었다. 똑같은 바지에 알록달록 색이 제각각인 운동화들. 그 사진들을 보고 있으면 한 번도 좋다고 생각한 적 없는 학창 시절이, 십 대의 나날들이, 인생에서 가장 멋지고 행복한 때라고 착각할 정도였다.

캉파뉴는 그 사진 속 아이들 중 한 명이었다. 운동장을 달리는 여자아이들. 머리카락은 헝클어져 휘날리고, 교복 치마는 팔랑거리고, 머리 위로는 햇살이 쏟아져 내리고 있었다. 샤워기에서 쏟아지는 물처럼 따스해 보이는 햇살이었다. 그 사진 아래 캉파뉴의 첫 댓글이 달렸다.

—내 모습이 담긴 사진 중 가장 맘에 들어요. 고마워요.

오빠가 어떤 경로로 그 사진을 찍게 된 건지는 알 수 없었다.

이걸 시작으로 캉파뉴는 오빠 블로그의 단골손님이 되었다. 새로운 사진이 올라오면 어김없이 댓글을 달았고, 블로그 주인보다 더 자주 들어와 보는 것 같았다. 오빠가 입대하면서 한동안 블로그가 휴업 상태에 접어들자 가장 섭섭해한 것도 캉파뉴였다. 오빠가 첫 휴가를 나와 다시 포스팅을 하자 기다렸다는 듯이 댓글을 남겼다. 연예인을 따라다니는 열성 팬 같았다. 더 이상 포스팅이 없자 오빠의 안부를 묻는 유일한 사람이기도 했다.. 오빠의 블로그에 마지막으로 기록된 글 역시 캉파뉴의 질문이었다.

—어디 가셨나 봐요?

네, 어디 갔어요. 하경은 답을 달고 싶었다.

사진 속 두 여자아이 가운데 누가 캉파뉴인지는 알 수 없었다. 하경은 그 애의 블로그에 들어가 보았다. 십 대 여자아이들이 좋아할 법한 것들이 거기에 다 있었다. 아이돌 스타에 대한 무한한 애정, 학교 화단에서 우연히 발견한 낮달맞이꽃, 거리에서 만난 도도한 표정의 고양이, 학교 앞 떡볶이 가게, 그리고 빵에 대한 이야기. 평범한 내용이었지만, 그 애는 날마다 자신의 역사를 기록하듯 성실하게 글과 사진을 올렸다. 하지만 정작 블로그 주인의 사진은 찾을 수 없었다.

블로그를 통해 하경은 그 애의 얼굴 빼곤 제법 많은 걸 알게 되었다. 뭘 맛있게 먹었는지, 무엇을 보고 무엇을 느꼈는지, 어떤 노래를 좋아하고 어떤 책을 읽었는지, 빵을 얼마나 좋아하는지, 무엇이 되고 싶은지, 등을.

베이킹 강좌를 들은 적 있는지 그 애는 제가 만든 빵 사진과 레시피를 아주 꼼꼼하게 적어 놓았다. 지금 하경의 코앞에서 단팥빵 성형을 하고 있는 빵쌤과 이 가게도 블로그에 자주 등장했다.

하경은 빵에 대해선 먹어 본 경험밖에 없었다. 생전 알바를 해 본 적도 없었다. 그럼에도 이곳에서 그럭저럭 잘 해 나가는 건 거기서 본 정보 때문이었을 것이다. 투박한 시골 사람들이 활짝 웃으며 단체 사진을 찍듯 모여 있는 사진 속 빵들. 먹으면 건강해질 것 같은 그 빵이 캉파뉴라는 것도 그 애의 블로그에서 알게 되었다. 그리고 이곳에서 일하게 된 첫날 처음 본 빵도 캉파뉴였다. 오븐에서 갓 나온 캉파뉴를 만졌을 때 깜짝 놀랐다. 너무 뜨겁고, 너무 향긋했다. 빵이 살아 있는 것 같았다. 사진으로는 짐작도 할 수 없던 느낌이었다.

하경은 그 애에게 답을 해 주고 싶었다. 오빠가 중학교 때부터 찍은 사진들을 자신이 하드디스크에 옮겨 놓았던 게 떠올랐다. 그 안에 들어 있는 사진들을 오빠 블로그에 하나씩 올리기 시작했다. 그때그때 기분에 따라 꽂히는 사진을 골라 올렸다. 오빠가 기뻐할지 싫어할지 생각해 보지는 않았다. 다시는 업데이트 될 일 없던 블로그가 그렇게 살아났다.

오빠가 떠나고 하경이 한 일은 그게 다였다. 학교도 가지 않고 외출도 하지 않고 방 안에 틀어박힌 채.

사진을 올리면 어김없이 캉파뉴가 들어와 댓글을 달았다. 간혹 질문도 했다. 하경은 답글을 달지 않았다. 자신에게 그럴 권한은 없으니 당연한 일이었다. 그냥 천천히, 꾸준히 사진만 올렸다. 그리고 이따금 그 애의 블로그에 들어가 보았다. 누군가의 일상을 들여다보는 행위에는 중독성이 있었다. 제 또래 여자애들은 어떻게 살고 있는지 궁금했던 것도 같다. 제 발로 떠나 버린 학교가 조금은 그리웠다.

한동안 캉파뉴의 댓글이 달리지 않았다. 처음엔 섭섭하다가 궁금해져서 그 애의 블로그에 들어가 보았다. 일주일 전에 남긴 글이 있었다.

수학여행 D-1. 드뎌 제주도 간다. 기대기대.

제주도 처음, 오리배 말고 배 타는 것도 처음.

성산 일출봉 올라가면 일출 보며 남자 친구와 뽀뽀하게 해 달라고 소원 빌어야징. ^^

두근두근. 잠이 안 오네.

그게 마지막 글이었다. 그날 이후 '캉파뉴의 집'에는 더 이상

글이 올라오지 않았다. 이틀이 멀다 하고 새 글이 뜨던 공간에 아무것도 올라오지 않았다. 주인이 나타나지 않는 블로그에 방문객들의 댓글이 주렁주렁 달렸다. 그 애를 만나 본 적도, 이야기 나눈 적도 없는 사람들이 걱정하고 안타까워했다. 그들 모두 이게 무엇을 의미하는지 짐작할 수 있었을 테니. 그 애가 여행을 떠난 날 남쪽 바다에서 어떤 일이 벌어졌는지 모르는 사람은 없을 테니. 하경은 그 짐작이 틀리길 바랐다. 스무 살 평생 한 번도 믿어 보지 않은 신에게 기도라도 드리고 싶었다.

그러고도 오랫동안, 아직까지도 그 애의 블로그에는 글이 올라오지 않는다. 하경은 오직 한 사람의 관객을 위해 연기하다가 어느 날 객석에 아무도 없다는 걸 알게 된 배우가 된 것 같았다. 얼굴 한번 본 적 없고, 말 한 마디 나눠 본 적 없는 누군가로 인해 뭔가를 시작하고, 궁금해하고, 기다렸다. 그리고 얼마 뒤엔 낯선 동네를 찾아가게 되었다. 무작정 왔다가 한 번도 와 본 적 없는 곳에서 낯익은 가게를 발견했다.

하경은 지금도 이따금 그 애의 블로그에 들어가 본다. 더 이상 새 글이 올라오지 않는 블로그에서 지난 글을 읽는다. 암호를 풀려는 수학자처럼 꼼꼼하게. 그러다가 사장님 손을 발견했다. 피아니스트처럼 정갈하고 섬세한 손. 밀가루 반죽을 들고 있으면 마술사의 것처럼 현란해지는 손.

그 손이 성형을 마친 단팥빵 생지를 발효기에 넣고 있었다.

"빵 만드는 거, 좀 지루하지? 봐서 알겠지만 반죽한 뒤에도 발효와 휴지 과정을 거쳐 구워지기까지는 시간이 꽤 걸려. 하지만 절대 서둘러선 안 돼. 빵이 숙성되는 걸 느긋하게 기다려야 해. 시간이 되지도 않았는데 다음 과정에 들어간다거나 온도를 높여 무리하게 발효시키면 망한다."

발효기 옆 오븐에서 올리브와 허브가 섞인 근사한 냄새가 새어 나왔다. 사장님이 오븐을 열고 냄새의 주인공들을 꺼냈다. 치아바타였다. 민망하게도 하경의 코가 저절로 실룩였다. 파블로프 박사가 봤다면 오호, 하며 당장 실험실로 끌고 갔을 것이다. 하경의 얼굴을 보고 이기호가 알 수 없는 미소를 지으며 치아바타 하나를 건넸다. 손바닥 위의 뜨거운 빵을 반으로 잘랐다. 폭신한 속살 안에 현무암처럼 작은 구멍들이 송송 나 있었다. 한 입 베어 물자 짧게 바삭, 하더니 입안이 말랑하고 쫀득한 느낌으로 가득 찼다.

"아, 행복하다."

저절로 입에서 나온 말. 이게 뭐라고, 감히 행복이라는 단어를 말하다니. 방금 제 입에서 튀어나온 말을 덮어 버리듯 하경은 뜨거운 빵을 호호 불며 말했다.

"신기해요. 비슷한 재료로 이렇게 다양한 빵을 만드는 것도 그렇고, 만들 때 나는 냄새도 조금씩 다르잖아요."

"모든 빵의 기본은 밀가루, 물, 발효종이야. 이 세 개를 어떻게

섞느냐에 따라, 그리고 거기에 뭘 보태느냐에 따라 수십 가지 빵이 만들어지지. 알고 보면 빵은 섬세한 음식이야. 조금만 변화를 줘도 맛이 달라져. 그리고 가장 중요한 역할을 하는 건 발효종이고. 밀가루는 사실 살아 있다고 할 수 없는 재료야. 그런데 효모를 만나는 순간 살아나게 돼. 거기에 열이 가해지면서 빵이 되는 거야. 모두 힘을 합해야 맛있는 빵이 만들어지지."

"모두 힘을 합해야 한다. 좀 감동적인 말이네요."

"그래, 우리도 힘을 합쳐서 감동적으로 이것 좀 밖으로 내놓자."

사장님이 치아바타 쟁반을 건넸다.

2차 발효가 끝난 단팥빵 반죽이 보기 좋게 부풀어 있었다. 효모가 활약한 결과다. 하경은 배운 대로 반죽 위에 계란 물을 바르고 오븐에 넣었다. 이제부턴 열에게 맡겨야 한다.

시간이 되자 오븐에서 달큰하고 고소한 냄새가 새어 나왔다. 사장님이 오븐에서 단팥빵을 꺼냈다.

"소감이 어때? 처음으로 만든 거잖아."

"기분이 이상해요."

"감동은 이럴 때 하는 거야. 오븐에서 첫 작품을 꺼냈을 때."

오븐으로 들어간 흰색 반죽이 반짝거리는 갈색이 되어 나왔다. 가운데 쏙 들어간 배꼽까지 완벽했다. 마치 갈색 피부를 가진 통통한 아기의 배 같았다. 하경은 신이 흙을 빚어 인간을 만들었다는, 믿거나 말거나인 이야기를 생각하며 말했다.

"하느님도 그때 기분이 이상했겠어요."

이기호가 웃었다. 무슨 말인지 안다는 듯.

버스에서 내리자 기다리고 있었다는 듯 찬바람이 달려들어 온몸을 휘감았다. 며칠 만에 기온이 뚝 떨어졌다. 패딩에 달린 모자를 쓰고 지퍼를 목까지 올렸다. 골목으로 접어들어 경사진 길을 올라가는데 바람 소리가 장난 아니었다. 거인이 휘파람을 부는 듯 우렁찼다. 고개를 푹 숙이고 최대한 몸을 움츠려 걷는데 그림자 하나가 앞에 나타났다. 고개를 들었다. 엄마였다.

"요새 뭐하고 다니는 거니?"

추궁하거나 캐묻는 말투는 아니었다. 걱정이 되는 거겠지.

하경은 대답 대신 들고 있던 봉투를 내밀었다.

"뭐야?"

"빵. 단팥빵."

엄마 얼굴에 물음표가 백 개쯤 떠올랐다. 사실 어두워서 보이지는 않았다. 하지만 지난 몇 개월 동안 하경은 보지 않아도 이쯤은 알 수 있는 능력을 터득했다.

"내가 만들었어. 절반쯤은."

더욱 알 수 없다는 엄마의 표정.

엄마는 아무 말 없이 봉투에서 빵을 하나 꺼내 비닐 포장지를 벗겼다. 집까지 가는 동안 엄마는 조용히 빵을 먹고, 하경은 그 소리를 들었다.

가로등 아래를 지날 때 오물오물 빵을 먹는 엄마 얼굴이 불빛에 드러났다. 지난 이 년간 십 년은 더 나이 들어 버린 얼굴. 주황색 가로등 불빛이 얼굴을 예뻐 보이게 하는 줄 알았는데 아니었던가 보다. 하경은 얼른 고개를 돌리고 서둘러 걸었다.

"맛있네."

어둠 속에서 들리는 목소리에 하경의 양 입가가 슬며시 올라갔다.

집에 도착했다. 대문에 노란 백열등이 켜져 있었다. 불빛만으로 집 안이 얼마나 따스할지 짐작되었다. 하경은 집에 들어가면 엄마한테 말해야겠다고 생각했다. 그동안 뭘 하고 다녔는지. 그리고 앞으로 뭘 하고 싶은지.

앞장서 대문을 열고 들어가는 엄마에게 하경이 물었다.

"그런데 엄마."

엄마가 돌아보았다.

"아빠도 좋아할까, 단팥빵?"

14. 아버지의 공책과 단팥빵

"엄마가 맛있대요."

하경이 이기호를 보자마자 승전보를 전하듯 말했다.

"너무 달지도 않고 부드럽고, 암튼 맛있대요."

이제껏 팔다 남은 빵을 가져가라고 해도 하경은 한 번도 가져간 적이 없었다. 그런데 어제는 직접 성형해서 구운 빵을 주섬주섬 챙기더니 가족에게 시식평을 들었나 보았다. 기분이 좋아 보였다.

반죽할 때 하경의 손놀림이 이제 제법 그럴듯해졌다. 처음엔 빨래 주무르듯 해서 웃기더니만.

이기호의 시선이 작업대 맨 아래쪽 서랍에 잠깐 머물렀다. 문득 자신이 만든 빵을 아버지가 맛보았다면 뭐라고 했을지 궁금했다. 지지리도 속 썩이던 아들이 지금 이 자리에서 빵을 만들고 있는 걸 보면 어떤 표정을 지었을지도.

그의 아버지는 아들이 대학을 졸업하고 번듯한 직장에 들어가길 바랐다. 그도 아니면 빵집을 물려받았으면 했다. 하지만 그는 대학은 다니다 때려 쳤고, 번듯한 직장에도 들어가지 못했다. 빵을 만들 거라는 생각은 해 본 적이 없었다.

아버지는 열여덟 살부터 제분 공장에서 일했다. 그러다 우연한 기회에 빵 만드는 걸 배우게 되었다고 한다. 어머니를 만나 결혼한 후 손바닥만 한 가게를 얻어 빵집을 냈다. 크지 않은 동네였지만 빵 맛이 괜찮아 입소문이 나서 장사도 그럭저럭 되었나 보았다. 십오 년 만에 지금 '빵'이 있는 자리에 이 층짜리 집을 사 가게를 넓히게 되었다.

아버지는 자신의 직업에 자부심이 있었다. 하지만 그는 아버지의 직업이 자랑스럽지 않았다. 어릴 때 친구들은 빵집 아들인 그를 무척 부러워했다. 매일매일 맛있는 빵을 배 터지게 먹을 수 있을 거란 어린애들다운 이유에서였다. 물론 그럴 수 있었다. 아버지는 오븐에서 방금 나온 따끈따끈한 빵을 딸과 아들에게 제일 먼저 맛보게 했다. 하지만 빵집 아들이라는 게 친구들이 생각하는 것처럼 마냥 좋지만은 않았다. 집 안에는 늘 여기저기 밀가루 포대가 쌓여 있었고, 하얀 먼지가 날아다녔다. 어린이날이나 크리스마스 같은 대목이 되면 누나와 함께 가게에 내려가 일을 도와야 했다. 그게 너무 싫었다. 가끔 부모님을 따라 케이크를 사러 온 같은 반 여자애들을 마주치면 창피하기까지 했다. 뭐 때문에 창피한 생각이 들었는지는 잘 모르겠다. 빵집 아들인 게 부끄러웠던 건지, 부모님 일을 도와야 하는 게 부끄러웠던 건지, 아님 나이 많은 부모님이 부끄러웠던 건지.

이기호는 부모님이 마흔이 넘어서 낳은 자식이다. 어릴 때 엄마 따라 시장에 가면 아들이 아닌 손자로 아는 사람들도 있었다. 크면서 다른 애들 부모와 자꾸 비교하게 된 것 같았다. 누나와도 열 살이나 차이 났기 때문에 자라면서 점점 데면데면해졌다. 그는 가족을 그다지 사랑하지 않았다. 청소년기부터 집을 떠나는 꿈을 꾸곤 했다. 그런 그가 지금은 어릴 때부터 자란 집에서 아버지 가게를 물려받아 빵을 만들고 있다. 가족 누구도, 그 자신도 예상하지 못한 일이다. 어쩌면 아버지는 예상했을지도 모른다.

군에서 전역한 후 그는 대학으로 돌아가지 않았다. 그렇다고 오래 꿈꿔 왔듯 집을 떠난 것도 아니었다. 종일 제 방에 틀어박혀 있었다. 식구들이 모두 잠든 뒤에 일어나 글을 쓰고 식구들이 일어나는 시간에 잠이 들었다. 하지만 소설은 생각처럼 잘 써지지 않았다. 해마다 모든 신문사의 신춘문예에 응모했지만 예심도 통과하지 못했다. 신춘문예 발표가 나는 새해 첫날이 되면 아래층에서 올라오는 빵 굽는 냄새와 열기가 더 지긋지긋하게 느껴져 견딜 수가 없었다.

아무런 성과 없이 몇 해를 흘려보내고 나서 집을 나갔다. 계획 같은 게 있었던 건 아니다. 무작정 기차역에 가서 가장 먼저 출발하는 기차를 탔다. 가방에는 노트북과 옷 한 벌, 한 달 정도 지낼 수 있는 최소한의 돈만 들어 있었다. 기차를 타고 가다 낯선 도시에서 내려 방을 얻었다. 그곳에서 간간이 막노동을 하며 글을 썼다. 여러 소도시와 바닷가 마을과 섬 등을 돌아다니며 닥치는 대로 일을 하고 글을 쓰면서 지냈다. 항구에서 짐을 나르고 공사장에서 시멘트를 섞고, 과수원에서 과일을 땄다. 일이 생기면 일을 하고, 없으면 소설을 쓰고, 공모에 투고하고, 실패하고……. 그런 일이 반복되었다. 어떤 신념이 있어서 그런 건 아니었다. 아마 어디선가 성공한 작가들의 삶에 대해 읽었거나 주워들었을 것이다.

지금에서야 그는 알게 되었다. 그때의 자신은 동네 뒷산을 오르기도 벅찬 체력으로 히말라야에 오르려 안간힘을 쓰고 있었다는 것을.

집에는 일주일에 한 번 정도 전화했다. 그러다 한 달에 두어 번, 두 달에 한 번, 그런 식으로 점점 뜸해졌다. 떠도는 생활에 갈수록 지쳐갔지만 그럴 때 가족의 목소리를 들으면 모든 걸 포기하고 돌아가고 싶을 것 같았다. 그는 마지막으로 통화하고 나서 세 달이 넘어서 집에 연락했다. 그의 단편소설이 한 문예지의 추천을 받아 잡지에 실리게 되었다는 걸 알고 나서였다. 이제 집으로 돌아갈 수 있겠다 싶었다.

전화를 받은 건 누나였다. 그의 목소리를 들은 누나가 다짜고짜 욕을 퍼부어 댔다. 잔소리꾼이긴 해도 큰소리 낼 줄 모르던 누나가 쌍욕을 하고 소리를 질렀다. 한참 동안 욕을 퍼붓고 나서 울면서 말했다.

"아버지가 돌아가셨어. 이 나쁜 새끼야. 한 달도 더 됐다고."

그날 저녁 이기호가 집 안에 들어갔을 때 누나는 부엌에서 설거지를 하고 있었다. 보자마자 누나는 그를 향해 들고 있던 컵을 집어 던졌다. 세제 거품 묻은 컵이 얼굴로 날아왔다. 플라스틱 컵이었기에 망정이지 머그컵이었다면 그때 얼굴을 아직까지 유지하지 못했을 것이다. 누나는 아무 말 하지 않고 몸을 돌려 설거지를 계속했다. 뒷모습만 보고도 누나가 얼마나 화났는지 알 수 있었다. 그는 바닥에 떨어진 컵을 주워 싱크대에 집어넣었다.

소파에 누워 있던 어머니가 몸을 반쯤 일으켰다. 처음엔 아들을 알아보지 못해 멍하니 바라만 보았다. 눈 주위가 푹 꺼지고 반백의 머리카락이 수세미처럼 엉켜 있었다. 포근하고 말랑했던 어머니가 이야기책에 나오는 마녀처럼 변해 있었다.

어머니가 울음을 터트렸다. 검버섯이 나타나기 시작한 주름진 얼굴이 구겨진 종이 같았다. 마지막으로 어머니를 봤을 때는 이 정도로 늙은 모습이 아니었다. 불과 일 년도 되지 않았는데 이십 년은 지난 것 같았다. 도끼 자루 썩는 줄 모르고 신선들과 놀다 온 나무꾼이 된 것 같았다.

많은 것이 변해 있었다. 그가 집에 있을 때부터 변화는 시작되고 있었을 것이다. 알아차리지 못했을 뿐. 가게는 문을 닫은 상태였다. 주변에 프랜차이즈 빵집들이 생기면서 장사가 안 된 지는 꽤 되었다고 했다. 아버지는 빵집을 접기로 결정했다. 그러고 보니 아버지는 이미 칠십 대 노인이었다. 어릴 때부터 부모님이 나이 많은 걸 부끄러워했으면서, 아버지가 일하기에 무리인 나이라는 건 깨닫지 못했다.

아버지는 뇌졸중으로 쓰러져 며칠 만에 돌아가셨다. 마지막 순간에 아들을 찾았다고 했다. 무뚝뚝했지만 아버지가 그를 무척 사랑했다는 걸 알고 있었다. 하지만 그는 임종도 지키지 못했다. 마지막으로 본, 집을 떠날 즈음의 아버지 얼굴이 잘 생각나지 않았다. 안방 한켠에 놓인 작은 상에 아버지의 영정과 향이 놓여 있었다. 영정 사진은 오래전에 찍은 것이었다. 잘 웃지 않는 분인데 활짝 웃는 사진을 어디서 찾아냈을까. 사진 속 낯선 모습도, 빵 냄새 나지 않는 집도, 아버지가 이제 안 계시다는 것도, 모든 게 실감 나지 않았다. 그때부터 그가 해야 할 일은 어머니를 모시고 삶을 꾸려 가는 것이었다. 커서만 깜박이는 텅 빈 모니터를 바라볼 때보다 백배, 천배 더 두려운 일이었다.

더 이상 빵을 구워 내지 않는 가게 주방에서 밤마다 불도 켜지 않고 멍하니 앉아 있었다. 사막 한가운데 홀로 있는 것 같았다. 낯선 곳을 떠돌아다닐 때도 그렇게 느낀 적 없는데. 가게에게도 생각과 감정이 있다면 그와 비슷한 느낌이 들었을 거다. 삼십 년 가까이 하루도 빼놓지 않고 주방에 있던 주인도 없고 빵 굽는 냄새도 나지 않았다. 낡을 대로 낡은 제빵용 기계들과 구닥다리 가구들만 썰렁하게 자리를 지키고 있었다. 시대극을 찍기 위해 지어 놓은 세트장처럼 보였다. 영혼이 빠져나간 육신 같았다.

가게 문에는 '임대 문의'라는 종이가 붙어 있었다. 누군가 전화해 문의한다 해도 뭐라고 대답해야 할지 그는 알지 못했다. 그동안 읽은 수많은 책 어디에도 이런 상황에 어떻게 대처해야 하는지 나와 있지 않았다. 어둠 속에 웅크리고 앉아 입술만 잘근잘근 씹으며 생각했다. 삶 앞에서 자신이 얼마나 한심한 인간인지, 아버지는 얼마나 위대했는지.

누나와 매형은 집과 가게를 정리하고 작은 아파트로 옮기는 게 좋을 것 같다고 말했다. 어머니가 울음을 터트렸다. 소도시의 허름한 건물이지만 이 집을 마련하기까지 고생했던 기억 때문일 것이다. 경제적 능력도 없는 데다 멍청하기까지 한 그는 어떤 해결책도 내놓을 수 없었다. 누나 말대로 하기로 했다.

부동산중개업소에 집을 내놓고 이사 갈 준비를 했다. 우선 집에 있는 물건을 정리해야 했다. 처치 곤란한 짐들이 어마어마했다. 어머니는 남매가 자라면서 써 온 물건들을 하나도 버리지 않았다. 학생 때 사용하던 교과서와 미술 용품, 녹슨 트라이앵글, 망이 찢어진 잠자리채, 교복과 체육복, 탁구 배트와 공 같은 것들이 여기저기서 튀어나왔다. 이곳에서 시간을 견뎌 낸 것들, 이런 상황이 아니었다면 새록새록 추억을 불러일으켰을 것들. 하지만 그때는 그저 쓰레기일 뿐이었다. 그가 이곳저곳 헤집으며 어수선하게 돌아다니자 어머니는 밖으로 나가 버렸다.

벽장 안에 있던 아버지 유품을 정리하다 상자 하나를 발견했다. 양주 케이스로 보이는 꽤 단단하고 근사한 상자였다. 아버지가 양주 마시는 걸 한 번도 본 적 없는데, 의아해하며 열었다. 상자 안에는 그가 어릴 때 쓰던 공책들이 들어 있었다. 표지에 미키 마우스가 그려진 초등학생 때 쓰던 공책도 있었고, 영국의 유명한 대학 사진이 있는 고등학교 때 쓰던 공책도 있었다. 겉장에 적어 놓은 이름, 학년, 반, 과목 들은 익숙한 자신의 필체였다. 한 권을 꺼내 들춰 보았다. 파란색 볼펜으로 꾹꾹 눌러쓴 큼직큼직한 글씨가 나타났다. 'ㅅ'을 한자의 '사람 인' 자처럼 쭉 뻗어 쓴 게 아버지 필체가 분명했다. 군데군데 맞춤법 틀린 글자도 눈에 띄었다.

아버지는 아들이 학년마다 새것으로 바꾸느라 내팽개친 공책에서 쓴 부분은 뜯어 버리고 거기에 자신의 빵 레시피를 적어 두었다. 밀가루나 설탕, 버터 같은 재료들을 선택할 때 알아 두어야 할 팁, 거래처 리스트, 연락처 등도 적혀 있었다.

그는 방바닥에 쪼그리고 앉아 공책을 넘겨보다가 상자를 들고 자기 방으로 갔다. 책상에 앉아 공책을 한 권씩 읽어 나갔다. 모든 메모에는 날짜가 적혀 있었다. 아버지는 그가 고등학교에 들어간 직후부터 그걸 쓰기 시작한 모양이었다. 공책들을 날짜 순으로 맞춰 놓고 차례로 읽어 나갔다. 두 번째 공책을 읽다가 그는 그 노트들의 수신자가 자신이라는 것을 알아챘다. 처음에는 밀가루 1킬로그램, 설탕 250그램…… 이런 식으로 문장이 아니라 단어와 숫자들을 나열한 메모였는데, 뒤로 갈수록 조사와 동사가 붙더니 '하거라.' 혹은 '하자.'와 같은 명령형이나 청유형 문장이 등장했다. 그 글이 자신을 향한 것이라는 걸 알아챈 건 사과 파이 레시피를 적어 놓은 페이지의 첫 문장 때문이었다.

'너는 사과 파이를 안 먹으니까 만들 생각이 없겠지만, 혹시 모르니까. 사과 파이를 만들 때 가장 신경 써야 하는 건 버터와 사과다. 버터는 수분 함유량이 많은 걸 쓰면 반죽에 생크림이나 물을 첨가하지 않아도……. '

가족 가운데 사과를 안 먹는 사람은 이기호뿐이다. 아버지는 해마다 영주에서 과수원 하는 친구가 생산하는 좋은 사과를 주문해 사과 파이를 만들어 팔았다. 사과를 수확하는 가을철에서 겨울까지 가게의 인기 메뉴였다. 그는 사과도 먹지 않을뿐더러 빵 속에서 사과가 씹히는 식감을 싫어했다. 아버지 공책 속 '너'는 이기호를 가리키는 게 분명했다.

그때부터 공책의 글씨가 아버지 목소리가 되어 귓속으로 파고들었다. '너'라고 지칭한 대목은 더 이상 나오지 않았지만 그게 있건 없건 더 이상 중요하지 않았다. 아버지는 자신이 알고 있는 빵에 대한 모든 것을 꼼꼼하게 적어 놓았다. 언젠가 이걸 읽게 될 '너'를 위해.

그 정보들이 모두 쓸 만한 건 아니었다. 아버지가 빵을 만들던 때보다 환경은 훨씬 좋아졌고 어떤 재료든 마음만 먹으면 얼마든지 구할 수 있는 시대니까. 하지만 거기에는 아버지의 마음이 담겨 있었다. 철부지 아들이 언젠가 빵을 만들 생각이 들었을 때, 자신이 없어도 잘 해 나가길 바라는 마음으로 한 자 한 자 적었을 것이다. 공책은 아버지가 남긴 유언장이었다. 그리고 세상에서 가장 감동적인 원고였다.

아버지가 돋보기를 쓰고 가게 테이블에 앉아 아들이 쓰다 버린 공책에 글을 쓰는 모습이 그려졌다. 눈앞이 뿌예졌다. 지난 몇 년 동안 자신이 써 온 글은 쓰레기였다는 생각이 들었다. 온갖 작위적인 설정과 감동을 불러일으키기 위해 쓴 억지스러운 문장들. 부끄럽기 짝이 없었다.

그가 글쓰기를 포기한 게 그 공책 때문이었다면, 제빵을 배우게 된 계기는 팥 한 자루 때문이었다. 어느 날 택배 기사가 내려놓고 간 팥 한 자루. 오랫동안 아버지와 거래하던 농부가 언제나처럼 수확을 하자 보내온 것이었다.

그걸 보고 어머니가 한숨을 쉬었다.

"어쩌면 좋냐, 이 많은 걸. 이제 이걸 삶아 댈 일도 없겠구나."

어머니는 그걸 돌려보내지 않고 이웃들에게 나누어 주었다.

그리고 한동안 밥상에 팥밥과 팥죽이 교대로 올라왔다. 그걸 먹으면서 이젠 아버지가 만든 단팥빵을 먹을 수도, 이 집에서 빵 굽는 냄새를 맡을 수도 없겠구나, 생각했다. 빵을 좋아하지도 않았으면서 어쩐지 섭섭했다.

다음 날 그는 제빵 학원에 등록하고 가게 문에 붙어 있던 '임대 문의'를 떼어 버렸다. 그게 시작이었다. 세상의 많은 일들이 우연히 일어나고, 우리의 많은 행동들이 충동에 의해 이루어지는 게 아닌지, 그는 가끔 생각한다.

빵을 배우게 된 건 그렇게 충동적이었다. 그날 이후 가게를 열기까지 후회하지 않은 날이 하루도 없었다. 뜻대로 되지 않아 절망하고, 포기한 것에 대한 미련으로 고통스러웠다. 그 미련을 없앤 건 육체적인 고단함이었다. 가게를 다시 열기로 결심하고 나서 그는 고3 수험생처럼 살았다. 하루 종일 빵과 관련된 일만 했다. 학원에서 돌아오면 아버지의 낡은 오븐으로 그날 배운 걸 다시 만들어 보았다. 배운 대로, 생각대로 되지 않아 맥이 풀렸다. 하루 일과를 마치고 침대에 누우면 손가락 하나 움직일 힘이 없었다. 누워서 벽 쪽으로 빼곡히 꽂힌 소설책들을 보면 서글펐다. 빵을 배우겠다고 마음먹은 뒤부터 그 책들을 건드리지 못했다. 일부러 외면하기도 했고, 읽을 시간도 마음의 여유도 없었다. 활자라고는 신문과 베이킹에 관련된 책들만 들여다보았다.

그렇게 시간이 흘렀다. 몹시 힘든 어느 날, 지친 몸을 침대에 누이고 멍하니 있자니, 내가 지금 뭐하고 있는 건가, 회의가 들었다. 스멀스멀 후회가 밀려왔다. 그런 게 처음은 아니었지만 그날은 정말 강렬하게 후회가 되었다. 빵을 제대로 만들 수 있을지, 가게를 잘 운영해 나갈 수 있을지, 자신 없었다. 그때 책장에 꽂힌 책들이 눈에 들어왔다. 오랫동안, 어릴 때부터 한 권씩 한 권씩 사 들고 들어온 책이었다. 오래도록 이 방에서 그와 함께 살아온 책들이었다. 그것들을 읽고 사색하고 글 쓰며 사는 삶에서 점점 멀어지고 있다고 생각하니 울컥했다.

그 순간 그는 책에서 표정을 보았다. 책들이 안쓰러워하는 건지, 비웃는 건지 알 수 없는 표정으로 그를 내려다보고 있었다. 그는 침대에서 벌떡 일어났다. 책장에서 책들을 빼내 책등이 보이지 않게 거꾸로 꽂았다. 두 벽면을 가득 채운 책들을 몽땅 돌려놓고 나서 기절하듯 잠이 들었다. 그 뒤 빵집을 열기까지, 그 후로도 오랫동안 내내 책들은 토라진 것처럼 뒤돌아 있었다. 그는 모른 척, 눈길을 주지 않으려 애썼다.

그런저런 과정을 거쳐 '빵'을 열었다. 아버지가 돌아가신 지 사 년쯤 지난 뒤였다. 그동안 동네에는 빵집이 여러 개 생겼다가 문을 닫고, 또 다른 빵집이 생겼다. 거의 프랜차이즈였다. 그는 아버지가 가게 문을 닫게 된 게 프랜차이즈 빵집이 많이 생겨서만은 아닐 거라고 생각했다. 그곳들보다 맛있고 특화된 빵을 만드는 게 중요할 것이다. 종류가 많지 않아도 이것만은 괜찮다,

하는 것. 그런 빵을 만드는 게 그의 목표였다.

가게 문을 열기 전 은행 대출을 받아 건물을 리모델링했다. 이 층짜리 건물을 삼 층으로 만들기로 했다. 공사하는 동안 누나 집에서 지냈다. 공사가 마무리된 뒤에는 삼 층에 전세를 주어 그 돈으로 대출금 일부를 갚고 오븐과 새로운 집기들을 갖추었다.

그리하여 지금 이곳에 남아 있는 아버지의 흔적은 이름 없음과 단팥빵뿐이다. 아버지는 이 작은 빵집에서 수많은 빵을 만들었다. 어떻게 그 많은 걸 혼자 하셨을지 상상이 되지 않았다. 그는 하루에 대여섯 가지 이상 만들지 않는다. 이따금 예전 빵집을 기억하고 들어온 사람들은 당황하곤 했다. 그런 사람들의 얼굴에서 단팥빵이 있어 다행이라는 표정을 읽을 수 있었다. 그래서 그가 가장 정성 들여 만드는 빵이 단팥빵이다.

아버지의 공책은 지금 작업대 서랍에 들어 있다. 그날 이후 들춰 본 적은 없다. 앞으로도 들춰 볼 일은 없을 것이다. 그게 거기 있다는 것만으로도 힘이 되었다.

15. 늦어서 미안해

진아가 청소년 센터 사무실에서 봉사 활동을 하는 네 번째 날이다. 아침에 사무실에 가면 오민주 선생님이 진아에게 그날 할 일을 알려 주었다. 그런데 오늘은 민주 선생님이 지각하는 바람에 출근하자마자 가방만 던져 놓고 회의실로 들어가 버렸다. 텅 빈 사무실에 혼자 앉아 있으려니 내팽개쳐진 기분이었다. 내가 진정 이곳에서 필요한 일손인가, 하는 생각도 살짝 들었다.

진아는 탕비실에서 걸레를 찾아 들고 나왔다. 회의가 끝날 때까지 멍 때리고 있느니 책상이라도 닦아야 할 것 같았다.

겨울 방학이 시작되기 며칠 전 담임이 진아를 불렀다. 교무실로 호출된 건 오랜만이었다. 가을 즈음부터 선생님 관심에서 비껴날 수 있어 교무실에 올 일이 없었다. 꼬박꼬박 학교에 갔고 지각도 하지 않았다. 도중에 슬그머니 사라지는 일도 더 이상 없었다. 따라서 그날의 호출이 무엇 때문인지 짐작할 수 없었다. 교무실에 가는 건 언제나 내키지 않지만 이유를 알 수 없어 더 불안했다.

"진아야. 너, 출석 일자 간당간당해. 이러면 유급될 수도 있어. 어떡할 거야?"

선생님이 조바심 가득한 얼굴로 진아를 맞았다.

유급이라는 단어를 듣고도 아무렇지 않았다고 하면 거짓말일 거다. 진아는 순간적으로 심장이 오그라드는 것 같았다. 만화에서라면 캐릭터 얼굴에 빗금이 쳐지는, 암담하고 절망적인 느낌. 사실 이런 느낌이 처음은 아니었다. 무단 결석에 무단 조퇴, 될 대로 되라는 식으로 지내고 있었지만 불안감과 두려움이 마음속 어딘가에 숨어 있었나 보았다. 그게 튀어나오기 시작한 건 윤지에게 다녀온 뒤일 것이다.

윤지의 생일, 이른 아침에 진아는 빵쌤과 함께 추모 공원에 갔다. 빵쌤 친구도 그곳에 있었다. 윤지와 함께 그 배에 타고 있었다고 했다.

진아는 조금 망설이다 물었다.

"쌤 친구는 어떤 분이었어요?"

"그 친구? 음…… 우주와 자연에 대해 무한한 경외감을 갖고 있는 사람."

자동차가 경사진 도로를 달려 언덕을 올랐다. 언덕 너머에서 막 아침 해가 떠오르고 있었다. 햇살에 눈이 부신지 빵쌤이 눈을 찡그리며 말했다.

"저렇게 아침 해가 뜨는 순간이라든가 계절이 바뀔 때 미묘하게 변하는 공기 냄새, 참나무에서 잘 익은 도토리가 떨어질 때의 속도, 이런 거에 대해 할 말이 무지 많은 사람이지."

빵쌤이 현재형으로 얘기해서 진아도 현재 시제로 물었다.

"시인인가 봐요."

"아니, 과학자."

본 적 없는 선생님이지만 멋진 사람이었을 것 같았다. 그 선생님은 어쩌면 윤지에게 우주와 자연, 그곳에 깃들어 있는 힘과 원리들에 대해 가르쳐 주었을 것이다. 윤지가 좋아했을 과목은 아니지만 빵쌤의 친구라니 틀림없이 좋은 선생님이었을 거다.

진아의 무릎에는 갓 구운 캉파뉴가 올려져 있었다. 무릎이 따뜻했다. 향긋하고 고소한 냄새가 차 안에 가득했다. 진아는 좁고 낡은 빵쌤의 차가 편안했다. 처음으로 윤지를 만나러 가는 길에 빵쌤이 동행해 주어서 다행이었다. 혼자였다면 용기 내지 못했을 거다.

윤지는 예쁘게 웃고 있었다. 빵샘은 사진을 오래 들여다보다가 윤지 이름이 새겨진 돌을 가만히 쓰다듬었다. 그러고 나서 뒤돌아 진아 어깨를 토닥이며 말했다.

"우린 이때 다시 만나자."

빵쌤은 친구가 있다는 쪽으로 쓸쓸하게 걸어갔다.

그제서야 진아는 윤지 앞에 섰다.

—안녕, 윤지야.

윤지가 다정하게 웃었다.

—진아야, 왜 이제 왔어? 보고 싶었는데.

—미안해. 너무 늦게 와서 미안해.

—기다렸어.

—나도 많이 보고 싶었어.

진아가 윤지 앞에 캉파뉴를 놓았다. 빵은 여전히 따뜻했다.

—역시 너는 내가 뭘 좋아하는지 아는구나.

—빵쌤이 만든 거야. 나도 같이 반죽했어.

—고마워. 많이 추웠는데. 따뜻해질 것 같아.

진아는 왈칵 눈물이 나왔다.

—진아야, 울지 마. 네가 울면 나도 슬퍼져.

—미안해. 정말 미안해. 늦어서 미안해.

—이제라도 와서 좋아. 태환이는 잘 지내고 있을까? 보고 싶어. 태환이도.

진아는 가까스로 눈물을 삼키며 말했다.

—알아.

윤지가 빙긋 웃으며 말했다.

—하지만 너보다는 아니었어.

진아 눈에서 눈물이 주르륵 흘러내렸다.

—윤지야, 왜 이렇게 어이없게 떠난 거야? 화가 나. 어째서 이런 일이 벌어진 건지, 화가 나서 견딜 수가 없어. 넌 그냥 배에 가만히 있었던 거잖아. 뭣 때문에 네가……. 너, 나한테 세상에서 제일 맛있는 빵을 만들어 준다고 했잖아. 그런데 이게 뭐야?

—그래, 그러고 싶었어. 진아 너라면 내가 만든 빵을 정말 맛있게 먹어 주었을 텐데. 그런데 그럴 수 없게 됐어. 엉망이 됐지. 내가 생각한 내 삶이 몽땅. 나도 화가 나.

진아는 더 이상 참지 못하고 목 놓아 울기 시작했다. 울다가 그제야 깨달았다.

'윤지가 떠난 게 나 때문이 아닌데 왜 자책했던 걸까? 왜 미안해했던 걸까? 그저 슬퍼하기만 하면 됐잖아. 보고 싶어 하기만 하면 됐잖아. 화를 내야 할 대상은 내가 아니었어.'

주차장에서 다시 만났을 때 빵쌤도 눈이 퉁퉁 부어 있었다. 빵쌤은 올 때와 달리 돌아가는 내내 아무 말도 하지 않고 운전만 했다. 일자로 꽉 다문 입과 찡그린 미간이 조금 무섭기까지 했다. 그러고는 묻지도 않고 진아를 학교 앞에 내려 주고 떠났다. 그날은 학교에 가고 싶지 않았기 때문에 진아는 전혀 고맙지 않았다. 빵쌤만 아니었다면 또 학교를 제꼈을 테지만 수업이 끝날 때까지 교실에 남아 있었다.

그날 밤 윤지의 블로그에 들어가 보았다. 윤지가 떠나고 나서 처음이었다. 추모 공원에서 오는 도중에 문득 이제 윤지의 흔적이 남아 있는 건 그것뿐이라는 생각이 들었던 거다.

진아는 윤지가 마지막으로 올린 것부터 거꾸로 읽어 나갔다.

여행 가기 전날 설레는 마음을 담은 마지막 글, 태환과의 대화를 짐작하게 하는 달달한 글, 진아와 함께 본 영화와 만화책, 소설에 대한 것, 언젠가 길거리에서 만난 도도한 표정의 고양이, 빵쌤과 빵에 대한 이야기, 그리고 진아와 윤지가 안 지 얼마 되지 않았을 때 운동장에서 어떤 오빠가 찍어 준 사진. 그 사진이 윤지 블로그의 시작이었다. 진아와 윤지는 햇살 아래에서 정신없이 웃고 있었다. 그때 뭣 때문에 그렇게 웃었는지 생각나지 않았다. 어쩌자고 그렇게 행복하게 웃고 있었던 건지. 윤지는 그 사진을 좋아했다. 진아도 그랬다. 제 모습이 약간 낯설어 보였지만 진짜 모습 같았다. 사진이 찍히는지 모르고 있어서일지 모른다.

진아는 블로그의 글을 다시 처음부터 꼼꼼하게 읽었다. '캉파뉴의 집'에 있는 모든 글과 사진에서 자신의 흔적을 찾을 수 있었다. 윤지가 언급한 장소와 이야기를 진아는 다 알고 있었다. 그곳에는 윤지와 진아의 지난 이 년간의 일상이 오롯이 기록되어 있었다. 기억이 하나씩 하나씩 떠올랐다. 다른 사람들 눈에는 특별할 것 하나 없는 평범한 일상으로 보이겠지만 진아에겐 그렇지 않았다. 그곳에서는 윤지가 여전히 살아 있었다.

마지막 페이지에 이르자 진아는 링크되어 있는 노래를 클릭했다. 노래를 듣는데 갑자기 심장이 오그라드는 것 같았다. 누군가 심장을 꽉 쥐었다 놓은 것 같았다.

남자 보컬이 나즈막하고 억울하다는 듯한 목소리로 유예된 꿈에 대해 노래하고 있었다.

윤지는 마지막 글을 올리기 전에, 그렇게 기대하던 여행을 가기 전에 왜 하필 그 노래를 들었던 걸까. 자신의 꿈이 영원히 유예될 것임을 짐작한 것처럼.

'왜 그런 거야, 윤지야.'

윤지는 십 년 뒤, 이십 년 뒤 자신의 모습에 대해 자주 이야기했다. 하고 싶은 것도, 보고 싶은 것도, 갖고 싶은 것도 참 많았다. 그래서 할 말도 많았다. 윤지 이야기의 끝은 언제나 '어휴, 이거 다 해 보려면 이백 년은 살아야겠네.'였다. 진아는 미래에 대해 상상해 본 적이 없기 때문에 그런 윤지가 신기하고 재밌기만 했다.

그날 밤 진아는 처음으로 스무 살, 서른 살, 마흔 살의 자신에 대해 생각해 보았다. 아무것도 그려지지 않았다. 미래의 자신 옆에 윤지가 없을 거라는 것 말곤 아무것도 상상할 수 없었다.

이제 진아는 종종 생각해 본다. 자신이 어떤 모습으로 어른이 되고 늙어 가게 될지. 때때로 어렴풋하게 무언가 보일 때가 있었는데, 그건 미로 속에 서 있는 바보 같은 여자아이의 모습이었다. 미래로 한 발자국도 나가지 못하고 스스로 만든 미로 속에

갇혀 있는 아이. 두려웠다. 어쩌면 거기서 영영 빠져나갈 수 없을지 모른다는 생각이 들었다.

담임이 진아 앞으로 바짝 다가오더니 속삭이듯 말했다.

"이렇게 하자, 진아야."

진아 몸이 저절로 선생님 쪽으로 기울었다.

"봉사 활동을 좀 많이 하자. 어차피 너, 봉사 활동 점수 하나도 못 땄으니까. 겨울방학 동안 왕창 해서 그것도 메꾸고 출결도 봉사 활동으로 대체하는 방법을 찾아보자."

그런 방법이 있구나. 학교에 오는 건 여전히 고역이지만 그건 괜찮을 것 같았다. 진아가 멍하니 시간을 흘려보내는 동안 다른 아이들은 이런저런 일을 하며 미래를 준비하고 있었나 보았다. 그러고 보니 새해가 한 달도 남지 않았다. 곧 고3이 된다.

진아는 짧게 답했다.

"네."

고분고분해진 진아의 반응에 담임은 좀 놀란 것 같았다.

"그렇게 할래?"

"네, 감사합니다."

"봉사 활동 할 곳, 같이 한번 알아보자."

담임의 상냥한 말투에 코끝이 찡했다. 말을 하면 울게 될 것 같아 고개만 주억거렸다. 담임이 아무 말도 하지 않고 진아의 머리카락을 가만히 쓰다듬었다.

사무실의 책상들은 그 주인과 꽤 닮은 것 같다. 유쾌하지만 수다스럽고 좀 정신 없는 민주 선생님 책상은 그야말로 뒤죽박죽이었다. 프린트 종이가 정리되지 않은 채 흩어져 있었고, 책꽂이에는 거꾸로 꽂힌 책도 있었다. 조금 무서운 실장님 책상은 모든 자료들과 필기도구가 반듯하게 정리되어 있어 손대기가 조심스러웠다. 소연 선생님의 책상은 너무 썰렁했다. 책꽂이에 있는 책 몇 권과 파일들, 볼펜과 연필 몇 자루가 꽂힌 머그컵, 탁상달력이 전부였다. 그나마 달력은 지난해 것이었다. 새해가 지난지 보름이 넘었는데.

진아는 가방에서 새해 달력을 꺼냈다. 지난번에 소연 선생님 책상을 보고 집에서 가져온 것이다. 진아 집에는 아빠가 회사에서 가져온 달력이 여러 개 굴러다니고 있었다. 가져온 달력을 책상에 올려놓고 지난 것은 휴지통에 던져 버렸다. 소연 선생님 책상까지 정리를 마쳤을 때 선생님들이 회의실에서 나왔다. 진아와 눈이 마주친 민주 선생님이 아차, 하는 표정을 지으며 종종종 걸어왔다.

"어머, 어머, 진아야. 나 땜에 기다렸겠다. 그런데 어쩌니, 오늘은 할 게 너무 많은데."

"괜찮아요."

진아가 해야 할 일은 사무실 한 켠 책꽂이에 무질서하게 꽂혀 있는 파일들과 자료집을 날짜별로 정리하는 일이었다. 단순한 일이긴 했지만 시간이 꽤 걸릴 것 같았다.

"할 수 있는 만큼만 하고 나머지는 다음에 와서 하면 돼. 급한 건 아니니까."

민주 선생님이 진아에게 설명을 해 주고 자리로 돌아갔다.

진아가 소매를 걷고 막 일을 시작하려는데 민주 선생님의 호들갑스러운 목소리가 들렸다.

"이 선생님? 어디 안 좋아요? 얼굴이 창백해요."

이어 소연 선생님의 신경질적인 목소리가 들렸다.

"누가 제 책상 건드렸나요?"

"왜요? 뭐 없어졌어요?"

"그게 아니라, 물건들 위치가 좀 달라진 것 같아서요."

진아가 선생님들 쪽으로 갔다. 제가 해명해야 할 상황 같았다.

"아, 제가 책상을 닦느라고……. 책상 바닥이랑 모니터 먼지만 닦았는데……."

"그랬어? 정말 깨끗해졌네. 땡큐."

민주 선생님이 코맹맹이 소리로 말했다.

"아니에요."

진아는 민주 선생님을 향해 건성으로 대답하고 소연 선생님을 보았다.

소연 선생님은 아무 말 하지 않았지만 탐탁지 않은 표정이었다.

"선생님, 뭐 잘못된 거라도 있어요?"

소연 선생님이 싸늘한 표정으로 말했다.

"다음부터 내 책상은 건드리지 마."

진아는 소연 선생님의 눈썹과 입가가 바르르 떨리는 걸 보았다. 굉장히 불쾌한 표정. 아무래도 달력 바꿔 놓은 것과 관련 있는 것 같았다.

"그냥 작년 달력이 그대로 있어서 새걸로 바꿔 놓았어요. 죄송해요."

소연 선생님은 대꾸 없이 고개를 돌렸다. 가느다란 목덜미에 푸르스름한 핏줄이 도드라졌다.

진아는 제 자리로 돌아갔다. 잠시 후에 뒤돌아보니 소연 선생님이 달력을 그림이 없는, 날짜만 씌어 있는 뒤쪽으로 돌려놓고 있었다.

'달력 사진이 마음에 안 드나? 딱히 불쾌한 사진도 아닌 것 같은데…….'

국적기 항공사에서 홍보용으로 만든 달력이었다. 매달 그달에 여행하면 좋은 여행지 사진이 있었다. 1월 사진은 오로라였다. 투명한 연두색 커튼이 바람에 나부끼는 것 같은 사진과 오로라를 볼 수 있다는 캐나다 옐로나이프를 소개하는 글이 있었다.

신의 영혼 오로라: 캐나다 옐로나이프, 12월에서 2월 사이에 옐로나이프를 방문하면 오로라를 볼 확률이 95퍼센트다.

진아도 사진 속 오로라가 좀 부자연스럽다고 느끼긴 했다. 인쇄가 잘못된 건지 몰라도 아무튼 그렇게 신비하거나 멋져 보이지는 않았다. 그런데 그게 그렇게 기분 나빴나? 괜히 좋은 일 한 번 하려다 기분만 상했네, 진아는 속으로 투덜거렸다.

파일과 자료집은 완전 뒤죽박죽이었다. 단순한 일이어서 아무 생각 없이 할 수 있었지만 시간이 많이 걸렸다. 맨 아래 칸 하나 정리했는데 두 시간이 흘렀다. 아무래도 오늘 다 끝내기는 힘들 것 같았다.

"진아야."

어깨 너머에서 가늘고 떨리는 목소리가 들렸다.

돌아보니 소연 선생님이 서 있었다.

"쉬었다 해. 이거 먹고."

소연 선생님이 종이 봉투를 내밀었다. 겉면에 '빵'이라고 적힌 익숙한 봉투였다.

그러고 보니 배가 고팠다. 사무실에는 두 사람 외에 아무도 없었다. 오후에 강당에서 무슨 행사가 있다고 했던 것 같다. 그걸 준비하러 다 내려갔나 보았다.

"네, 감사합니다."

“아까는 미안했어. 내가 너무 예민하게 굴어서.”

“아니에요. 제가 멋대로 달력을 바꿔 버려서 죄송해요.”

“잘했어. 달력이 작년 거라는 거, 생각도 못했어. 난 그냥…….”

소연 선생님은 진아와 눈을 마주치지 못하고 웅얼거렸다.

진아가 얼결에 받아 든 빵 봉투를 가리키며 말했다.

“쌤, 이거 같이 먹어요.”

“그럴까?”

진아가 손을 씻고 왔더니 소연 선생님이 차를 끓이고 테이블 위에 빵을 늘어놓았다. 단팥빵과 크루아상, 올리브 포카치아. ‘빵’의 대표 선수들이 푸짐하게 놓여 있었다. 아침도 잔뜩 먹었고, 점심시간은 한 시간이나 남았는데 무지 배가 고팠다. 요즘엔 먹어도 먹어도 배가 고팠다.

자리에 앉자 소연 선생님이 진아에게 크루아상을 건넸다. 진아는 크루아상을 한 겹 한 겹 벗겨 내 홍차에 적셔 먹었다. 버터 향이 부드럽게 입안에 퍼졌다. 이 년 전 바로 아래층에서 이걸 만들던 일이 떠올랐다. 크루아상은 만들기가 되게 어려웠다. 모두 망쳤던 기억이 있다.

소연 선생님도 진아처럼 크루아상 껍질을 한 겹 한 겹 벗겨 냈다. 그러면서 느닷없이 말했다.

“달력에 오로라 사진이 있더라.”

“네. 아빠가 그 달력에 적힌 항공사에 다녀요. 해마다 달력을 가지고 왔는데 오로라 사진은 처음인 것 같아요."

"오로라, 실제로 본 적 있니?"

"아니요. 1월에 캐나다에 가면 오로라를 볼 수 있다는 거, 저도 처음 알았어요."

"그렇구나. 옐로나이프. 캐나다 북쪽에 있는 작은 도시래. 이름 되게 예쁘지 않니? 옛날에 그곳에 구리 광산이 많았대. 거기 살던 인디언들이 차고 다니던 칼에 구리가 많이 들어 있어 노란빛이 났대. 그래서 붙여진 이름이라던데. 그곳에선 날씨만 맑으면 언제든 오로라를 볼 수 있다더라. 우리가 맑은 날 저녁노을을 볼 수 있는 것처럼."

소연 선생님은 여행 안내서에 나오는 설명을 통째로 외운 것처럼 줄줄 읊었다.

"아."

진아가 고개를 끄덕였다.

"나 어쩌면 그곳으로 신혼여행 갔을지도 몰라. 내 약혼자에게 아무런 일이 생기지 않았다면, 지금쯤."

진아가 크루아상을 뜯던 손을 멈추고 소연 선생님을 바라보았다.

"그래서 좀 날카로웠던 거야. 좀 어른답지 못했지."

소연 선생님은 지금은 아무렇지 않다는 듯, 별일도 아닌 걸로 유난 떨어 민망하는 듯 우적우적 빵을 먹었다.

진아는 그제야 알았다. 아까 소연 선생님의 그 표정은 불행한 사람의 표정이었다. 어느 누구도 자신의 마음을 이해하지 못할 거라고 생각했을 것이다. 지금도 마찬가지일 것이다, 그 마음은. 그렇지만 들켜 버렸다. 그게 뭔지, 진아는 알 것 같았다.

16. 크루아상 먹는 법

“왜 이렇게 많이 만들어요?”

크루아상 반죽을 치대고 있는데 하경이 물었다.

“오, 눈대중으로 평소와 반죽의 양이 다르다는 걸 알았단 말이지?”

“딱 보면 알죠. 무시하면 섭해요.”

“그럼 이쯤에서 버터가 필요하다는 것도 알겠네?”

“아, 네에.”

하경이 재빠르게 버터 통을 들고 왔다.

“주문이 좀 많이 들어왔어. 내일 청소년 센터에서 무슨 행사가 있나 봐. 그럴 때면 늘 우리 집에 주문하거든.”

슬슬 가게 문을 닫을 판인데 하경이 집에 갈 생각을 하지 않고 바짝 다가오더니 말했다.

“저도 한번 해 볼까요?”

"이건 만만치 않을 텐데……."

잠깐 고민하다 하경에게 밀대를 주고 뒤로 물러났다. 어깨가 좀 뻐근하기도 했다.

크루아상은 다른 빵에 비해 꽤 까다롭다. 반죽을 펴는 과정에서 냉기가 없어지면 안 되기 때문에 계속 냉장고를 들락날락해야 한다. 반죽이 너무 두꺼워도 안 되고 너무 얇아도 안 된다. 적당히 얇아진 반죽을 접어서 밀고, 또 접어서 밀고……. 이 과정을 여러 번 반복해야 한다.

"버터를 올려놓은 다음에 반죽으로 감싸, 이렇게. 그러고 또 밀어 주어야 해."

하경이 버터를 감싸 안은 반죽을 밀대로 밀고 담요를 개듯 착착 접어 또다시 밀었다. 그동안 옆에서 지켜보며 혼자 시뮬레이션 해 보았는지 순서를 제대로 알고 있었다. 하경의 이마에 송글송글 땀이 맺혔다.

반죽이 두어 번 냉장고에 들어갔다 나온 뒤에 너무 두껍지도 얇지도 않은 판자 두께의 생지가 만들어졌다. 이기호는 그것을 길쭉한 이등변삼각형 모양으로 자른 뒤 하나씩 떼어 내 돌돌돌 말아 올렸다. 석고 조각처럼 단정하고 깔끔한 크루아상 모양이 나왔다.

"한번 해 봐."

두 사람이 나란히 서서 돌돌돌 생지를 말았다. 완성된 크루아상이 작업대 위에 나란히 놓였다. 흰색 운동복을 입고 운동장에 줄 맞춰 서 있는 아이들 같았다.

"사장님은 프랑스에 가 보셨어요?"

하경이 느닷없이 물었다. 요즘 들어 일과 관계없는 시시한 질문도 많이 하고 제 얘기도 슬쩍슬쩍 하곤 했다. 그런데 그게 나쁘지 않았다. 이기호는 이렇게 손을 놀리며 하경과 시시한 얘기를 나누는 시간이 좋았다. 때론 시시하지 않은, 아니 심각한 이야기도 나눴다. 단팥빵을 만들다 불쑥 제 오빠 이야기를 했다. 누군가에게서 아픈 이야기를 듣는 것은 부담스럽다. 얼마만큼은 그 짐을 넘겨받게 되므로. 하지만 일을 하면서, 손을 움직이며 서로 시선을 슬쩍슬쩍 비껴 가며 툭툭 던지듯 이야기를 나누면 부담이 덜하다. 말하는 사람도 듣는 사람도 한결 가볍다. 하경이 그랬다. 동그란 반죽 안에 단팥 소를 넣으면서 툭 던졌다.

"오빠가 있었어요. 그런데 이 년 전에 죽었어요. 군대에서요."

그는 잠깐 놀랐지만 위로의 말을 건네지는 않았다. 그 역시 단팥 소를 넣은 반죽을 오므리면서 대답했다.

"그런 일이 있었구나."

"네. 오빠가 지금 내 모습을 보면 얼마나 비웃을까. 방금 그 생각을 했어요. 내가 뭘 만드는 데 완전 젬병이거든요. 오빠가 있었으면 한 방 먹이는 건데, 훗."

하경은 제가 꺼낸 이야기를 다시 말끔하게 끌어안았다. 위로

따위 하지 않아도 돼요, 라고 말하듯이.

프랑스에 가 봤느냐는 뜬금없는 질문에 이기호는 잠시 뜸을 들였다. 얘가 또 무슨 말을 하려고 이러나.

"프랑스? 가 봤지. 파리에만 며칠. 근데 왜?"

"크루아상이 프랑스어로 초승달이라면서요? 전부터 궁금했는데, 이게 왜 초승달을 닮았다는 건지 모르겠어요. 프랑스에는 이런 초승달이 뜨나?"

"맞아. 거기 초승달은 이 크루아상처럼 생겼어. 초승달 뜬 다음 날 아침이 되면 파리 사람들이 크루아상을 사러 빵집에 막 몰려들어. 간밤에 하늘에 떠 있는 먹음직스러운 달을 본 사람들은 밤새 식욕을 억제할 수 없어서……."

"재미없어요."

"알았다. 빵이나 잘 만들자."

두 사람은 재미라고는 하나 없는 싱거운 대화를 나누며 돌돌돌 돌돌돌 크루아상 성형을 했다. 하룻밤 발효 시켰다가 내일 아침에 구워서 청소년 센터에 보낼 것들이었다. 이기호는 소연을 떠올렸다. 어떻게 지내고 있을까. 한번 찾아가 봐야지 생각은 하는데, 아직 마음의 준비가 되지 않았다. 소연은 더할 것이다.

크루아상에 그의 마음의 소리가 담겼던 걸까? 다음 날 저녁 무렵, 소연이 가게에 나타났다. 하경이 퇴근한 지 오 분도 되지 않았는데 문에서 종이 울렸다. 이기호는 주방을 정리하고 있었다. 하경이 뭘 두고 가 다시 왔을 거라 생각했다. 늘상 있는 일이었다.

"또 뭘 놓고 갔냐?"

대꾸가 없었다. 혹시 손님인가 싶어 내다보았다. 카운터 앞에 누군가 서 있었다. 단박에 알아보지 못했다. 밖으로 나와 눈이 마주치고 나서야 소연을 알아보았다. 그는 마법에 걸려 돌로 변한 것처럼 아무 말도 못하고 굳은 채 서 있었다.

"뭐예요, 귀신이라도 본 것 같은 그 표정은? 나 불청객인가요?"

소연이 섭섭하다는 듯 말했다.

가까스로 마법에서 풀려난 듯 이기호가 몸을 움직이고 입을 열었다.

"그럴 리가요. 너무 갑자기라……."

"오랜만이에요."

"그러게, 오랜만이네요."

이기호는 소연에게 자리에 앉으라고 하고 주방으로 들어갔다. 커피를 만들려고 주전자를 찾다가 하경이 씻어서 엎어 놓은 그릇들을 건드렸다. 와장창. 떼구르르. 금속으로 된 물건들이 바닥에 떨어져 요란한 소리가 났다. 보울과 계량컵과 스푼들이 왜 이렇게 허둥대는 거냐고 경고하는 것 같았다.

간신히 주전자를 찾아내 물을 끓였다. 원두를 넣은 필터 위에 뜨거운 물을 붓자 물을 머금은 커피 가루가 봉긋하니 부풀어 올랐다. 공기 중에 퍼지는 커피 냄새를 맡자 좀 차분해졌다. 그러고 보니 자신을 만나러 온 손님을 위해 커피를 내리는 게 오랜만이었다. 커피를 기다리는 동안 힐끗 밖을 보았다.

소연은 사진처럼 앉아 가만히 창밖을 내다보고 있었다. 머리가 짧아졌다. 한눈에 못 알아본 게 달라진 헤어스타일 때문인 것 같다. 살도 많이 빠졌다. 뭐 그리 식욕이 있었을까. 트레이에 크루아상이 딱 한 개 남아 있었다. 접시에 담았다.

그가 맞은편 자리에 앉자 소연이 미소 지었다. 복잡한 감정을 감추기 위한 표정이라는 게 역력했다. 안쓰러웠다.

"내가 연락 안 한다고 완전히 잊었나 봐요?"

어떻게 잊을 수 있겠는가. 이기호는 잠시 소연을 바라보았다.

"그런 눈으로 보지 말아요. 많이 괜찮아졌어요."

얼굴에서 불행의 흔적을 찾으려 한 건 아니었는데, 그렇게 느꼈나 보았다. 괜찮다고 했지만 전혀 괜찮지 않을 것이다. 아무리 견뎌도 괜찮지 않아서 견디다가 견디다가 온 것이겠지. 영훈이 떠나고 소연이 가게에 온 건 처음이었다.

분위기를 바꾸려는 듯 소연이 목소리 톤을 높여 말했다.

"나도 그렇지만 기호 씨도 나한테 연락 한번 안 하던데요?"

"소연 씨가 이곳을 떠났을지도 모른다고 생각했어요."

소연이 고개를 끄덕였다.

"떠날까, 매일 생각했어요. 헌데 아무리 생각해도 결정을 못 내려서 여태 이러지도 저러지도 못하고 있어요."

"미안해요. 연락도 못하고……."

"알아요. 피차 마찬가지죠, 뭐. 그런 말 들으려고 온 건 아닌데."

소연이 화제를 바꾸려는 듯 주변을 천천히 둘러보았다. 천장에 달린 조명의 노르스름한 빛이 은은하게 가게 안을 밝히고 있었다. 전등 갓 위쪽에 추방당한 어둠이 모여 있었다. 소연은 빛이 닿지 않는 공간 어딘가에 숨어 있는 누군가를 찾아내려는 것처럼 구석구석에 시선을 주고 잠시 전등 위의 어둠을 응시했다.

"하나도 변하지 않았네요."

"저거 보여요?"

그가 창가 한쪽에 놓인 화분을 가리켰다. 몇 해 전 소연이 준 행운목이었다.

"아, 살아 있군요."

"네. 한 번 위기가 있었는데, 어머니가 살려 놓았어요. 꽃은 아직이에요."

"꽃 피우기 어렵대요. 너무 기대하지 마세요. 꽃 안 피면 어때요. 저렇게 잘 자라고 있으면 된 거죠."

소연은 앞에 놓인 커피잔으로 시선을 돌렸다. 커피를 한 모금 마시고 크루아상을 집어 한 겹 벗겨 내 커피에 담갔다. 그리고 살짝 웃으면서 말했다.

"나 오늘 이거 또 먹네. 크루아상은 이렇게 먹어야 맛있더라고요. 오늘 배웠어요. 기호 씨 제자한테."

소연이 진아를 만났나 보았다. 진아에게서 청소년 센터에서 봉사 활동 시작했다는 얘기를 들었다. 두 사람은 같이 빵을 먹으면서 무슨 이야기를 했을까? 단지 크루아상을 맛있게 먹는 방법에 대해서만 이야기를 나눴을까? 상대방의 가슴속에도 자기와 비슷한 슬픔이 웅크리고 있다는 걸, 그 슬픔이 같은 날 같은 이유로 생긴 거라는 걸 눈치챘을까?

세 단계만 건너면 세상 모든 사람이 다 연결되어 있다는 글을 어디선가 읽은 적 있다. 이 작은 동네에선 세 단계까지 갈 필요도 없을 것이다.

두 사람은 노르스름한 불빛 아래서 오랫동안 이야기를 나누었다. 그동안 쌓이고 쌓인 이야기, 어떤 사람에 대한 이야기를.

"그 사람이 그 여행을 가지 않았다면, 그 배를 타지 않았다면 그렇게 어이없게 죽지는 않았겠죠? 그래도 그 배는 가라앉았겠죠? 아무 일도 안 일어날 수는 없었을까요? 그 사람이 아무 일 없이 여행을 마치고 돌아와 아이들을 가르치고, 우리가 결혼을 하고, 그토록 보고 싶어 하던 오로라도 보고…… 그렇게 함께 인생의 결말을 향해 천천히 갈 줄 알았는데. 왜 그렇게 가라앉아

버린 건지, 왜 그렇게 속수무책 떠나가게 둔 건지, 왜 아무도 설명을 안 해 주는 건지 몰라. 뭐가 이래, 정말."

소연은 그동안 안에 가둬 두었을 말을 쏟아냈다. 울지는 않았다. 하지만 무서운 표정으로 앞에 놓인 크루아상의 하얀 속살을 포크로 쿡쿡 찌르고 있었다. 분풀이를 하듯, 책임을 묻듯 애먼 빵을 괴롭혔다. 접시 위에 어떤 생물이 벗어 놓은 허물 같은 것이 처참한 모습으로 흩어져 있었다.

17. 오토리즈

아침에 지하철 역에서 나오니 눈앞이 환했다. 와. 하경의 입에서 저절로 감탄사가 나왔다. 개천길에 늘어선 벚나무들에 꽃이 만발해 있었다. 엊그제만 해도 나무 사이로 분홍빛이 희미하게 올라와 있었는데 며칠 사이에 동네 분위기가 확 달라졌다. 문득 일 년 전 떨어진 꽃잎을 밟으며 이 길을 걸었던 기억이 떠올랐다. '빵'에서 일한 지 어느덧 일 년이 다 된 것이다.

꽃들은 피어나는 동시에 떨어지고 있었다. 피어 있는 꽃들은 자신도 조만간 떨어질 신세란 걸 안다는 듯 온 힘을 다해 봉오리를 벌리고 있었다. 바닥에 점점이 떨어진 분홍 꽃잎들 아래에서 개미 떼가 기어 나오고 있었다. 하경은 걸음을 멈추고 쪼그려 앉아 들여다보았다. 이 개미들에게 꽃잎은 재앙일까, 선물일까. 꽃잎 아래 푹 파묻히는 기분은 어떨까? 개미로 다시 태어나지 않는 이상 죽었다 깨나도 모를 것이다. 그런 일들이 있다. 그 당사자가 되어 보지 않는 한 절대 알 수 없는 일.

일어나 다시 걸었다. 꽃이 활짝 피어 있는 것 말고도 나무들이 일 년 전과 어딘지 달라 보였다. 조금은 변했을 것이다. 세 계절을 통과하며 자랐거나 단단해졌거나. 작년보다 더 많은 꽃을 피워 냈거나, 혹은 더 약해졌거나. 작년 이즈음 물집 잡힌 발로 이곳을 지나가던 자신과 지금의 자신이 똑같지 않듯이. 그래서 너는 뭐가 달라졌는데? 라고 누군가 묻는다면 우물쭈물 먼 산을 바라보며 글쎄…… 라고 얼버무릴 게 뻔하지만. 아, 자신 있게 말할 수 있는 게 한 가지는 있다. 빵을 사러 온 손님이 빵이 맛있다고 하면 머뭇거리지 않고 대답할 수 있게 되었다.

'저희 집은 르뱅이라는 천연 효모를 사용해서 빵을 만들어요. 번거롭고 까다롭고 시간도 오래 걸리지만 이스트로 손쉽게 발효시켜 만든 빵과는 풍미와 영양 면에서 비교할 수가 없죠.'라고, 제법 전문가처럼.

고작 그 정도냐고 할 수도 있지만 처음엔 사장님이 하는 말을 잘 이해하지도 못했다. 한국말인데 외국어 듣는 것 같았다. 그런데 이젠 쓱쓱 반죽도 하고 르뱅을 만들고 체크하는 일도 한다. 일 년 전만 해도 방구석에 틀어박혀 마우스와 키보드만 만지작거리던 손으로 밀가루를 조몰락거리고 빵을 포장하고 있다니. 하경은 제가 생각해도 신기해 자신의 손을 가만히 들여다보았다.

처음에 반죽을 배울 때 사장님이 밀가루와 물을 섞어 몇 시간

두었다가 반죽하는 걸 보았다. 이유가 궁금했다.

"이러면 밀가루에 들어 있는 효소가 전분과 단백질을 분해 시켜서 글루텐 조직을 부드럽게 만들어. 빵 맛도 좋아지고 구웠을 때 색도 노릇노릇하게 해 주거든. 프랑스어로는 오토리즈라고 해. 자가분해라는 뜻이야."

글루텐이니 단백질 분해니, 과학 시간에 들었던 단어를 빵집 주방에서 들을 줄 몰랐다. 하경은 자가분해라는 말이 마음에 들었다. 밀가루는 물만으로 스스로 자신을 더 낫게 만들 수 있다는 거다. 내 안에도 나를 더 나은 사람으로 만들어 줄 효소 같은 것이 있을까?

얼마 전 「아멜리에」라는 프랑스 영화를 보았다. 오빠 컴퓨터에 들어 있던 파일 중 하나였다. 오빠가 부탁해서 파일을 받아 저장해 두었던 거다. 오빠는 이 영화를 보긴 했을지 궁금했다. 영화를 보는데 프랑스어가 참 아름답게 들려 프랑스어를 배우고 싶다는 생각을 했다. 파리에도 가 보고 싶었다. 주변 사람들을 행복하게 해 주기 위해 애쓰는 아멜리에의 얼굴은 누구보다 사랑스럽고 행복해 보였다. 나도 누군가를 행복하게 만들어 주고 싶다, 라는 생각도 잠깐 했다. 그러자 엄마 아빠의 얼굴이 떠올랐다.

하경은 이제 더 이상 아빠와 마주치지 않으려고 애쓰지 않는다. 때때로 같이 밥도 먹는다. 그래도 집안 분위기는 여전히 어두웠다. 잿빛 구름 속에 앉아 있는 것 같았다. 세 식구는 필요한 말 이외에는 대화를 거의 하지 않았다. 하경의 하루 일과는 동그란 시계 그림 안에 그려 넣은 방학 일과표처럼 정확하게 진행되었다. 빵집에서 일을 마치고 돌아가면 저녁을 먹고 제 방으로 들어간다. 책을 조금 읽다가 컴퓨터를 켜고 인터넷에서 이것저것 보다 오빠 컴퓨터에 있는 영화 파일 중 하나를 골라서 보고 잠이 든다.

아빠를 동영상에서 보았다고, 그 일은 어떻게 되어 가냐고 묻지 않았다. 그때 본 아빠 표정을 다시 보면 너무 슬플 것 같았다. 예전처럼 거실에서 부모님과 함께 텔레비전을 보지 않는다. 혹시 저도 모르게 웃음이 나오면 어쩌나 해서다. 집 안에서 잿빛 구름이 완전히 걷히고, 함께 코미디 프로그램을 볼 날이 올 수 있을지 모르겠다.

이따금 가게에 오는 아주머니가 있다. 빵 하나 시켜 놓고 우두커니 앉아 있다 가곤 하는데, 하경과 눈이 마주치면 희미하게 웃었다. 그럴 때면 가슴이 덜컥 내려앉았다. 그 웃음이 웃음으로 느껴지지 않았다. 엄마가 거기 그렇게 앉아 있는 것 같을 때가 있었다.

사장님도 그렇게 느꼈나 보았다. 그리고 사장님도 아멜리에와 비슷한 생각을 했던 것 같다. 사장님이 아멜리에를 아는지 모르겠지만. 어쨌든 시작은 그 아주머니 때문이었을 것이다.

어느 날, 언제나처럼 가게 구석 자리에 조용히 앉아 있던 아주머니에게 사장님이 다가갔다. 두 사람이 낮은 목소리로 두런두런 얘길 나누는가 싶었는데, 아주머니가 활짝 웃었다. 사장님이 주머니에서 비둘기나 토끼라도 꺼내 보여 준 것처럼. 그렇게 밝은 표정을 지은 건 처음인 것 같았다.

아주머니가 가게를 나간 뒤 사장님이 말했다.

"저분에게 베이킹 가르쳐 준다고 했어."

비둘기나 토끼도 아닌데 무얼 그렇게 활짝 웃었던 걸까, 그 아주머니.

그러고 나서 며칠 후 저녁이었다. 그날 '빵'의 전직원(그래 봤자 사장과 종업원 단둘이지만)은 지하실 정리를 했다. 평소보다 늦게까지 일하고 할머니에게 저녁까지 얻어먹은 뒤 막 퇴근하려던 참이었다. 교복 입은 여자애 하나가 closed 팻말이 걸린 가게 문을 거침없이 밀고 들어왔다.

"쌤!"

여자애는 제집처럼 자연스럽게 들어와 누군가를 불렀다.

하경은 사람이 돌처럼 굳는다, 라는 말이 절대 과장된 표현이 아니라는 걸 그때 알았다. 너무 놀라 움직일 수 없었다.

본 적 있는 얼굴이었다. 오빠 블로그에 있던 사진에서 본 아이였다. 분명했다. 수십 번도 넘게 본 사진 속, 햇살 아래 활짝 웃으며 달리던 두 아이 중 하나. 이 아이가 캉파뉴일까? 가슴이 두근거렸다. 짝사랑하던 사람과 갑자기 마주친 것처럼.

세 단계만 건너면 세상 모든 사람이 다 연결되어 있다고 사장님이 말한 적 있다. 설마 그럴까 했는데. 경험해 보지 않으면 모를 일이 참 많은 것 같다.

사장님이 지하실에서 올라왔다.

"진아 왔구나."

그러곤 멀뚱하게 서 있는 하경에게 말했다.

"아, 두 사람은 처음 보겠구나. 진아는 문 닫은 뒤에 오는 손님이야. 주로 이 시간에."

그러더니 진아라는 여자애를 향해 말했다.

"내가 말했지? 인사해. 이쪽은 하경. 진아보다 언니지?"

이기호가 하경을 보며 말했다.

하경이 고개를 한 번 끄덕하고 말했다.

"안녕."

그 애가 방긋 웃으며 말했다.

"안녕하세요, 언니."

18. 초대장

학원 버스에 올라타자마자 태환은 휴대폰을 꺼냈다. 고3이 된 후 버스 타는 동안의 자투리 시간에 게임을 하는 게 태환의 유일한 낙이었다. 꺼 두었던 휴대폰 전원을 켜자마자 메일 수신음이 들렸다. 급하게 확인해야 할 중요한 메일 같은 건 없지만 메일 앱을 열었다.

'초대합니다'란 제목의 메일이었다.

'제목하고는. 스팸 메일입니다, 열지 마세요, 라고 붙이지. 차라리.'

메일을 선택해 스팸 메일 함으로 보내려던 태환의 손가락이 멈칫했다. 발신인 이름을 보고 순간적으로 숨이 멎는 것 같았다. 캉파뉴, 윤지의 닉네임이었다.

태환은 휴대폰을 주머니에 넣고 눈을 감았다. 이건 분명 착시일 것이라고, 스스로에게 말해 보았다.

'정신 차려. 날이 날이니만큼 그럴 수 있어.'

그럴 수 있는 날이었다. 아니, 그럴 수밖에 없는 날이었다.

일 년 전 오늘, 윤지가 물속에서 발견되었다. 여행을 떠난 지 이십삼 일 만에. 하루 종일 그 생각을 하고 있던 건 아니지만, 오늘따라 윤지 생각을 많이 했던 건 사실이다. 태환은 자신의 머릿속 어딘가에서 그 생각들이 모여 있다 유령이 되어 나타난 걸 거라고 생각했다. 유령은, 사람의 마음이 만들어 낸 착시 현상일 것이다.

두근거리는 가슴이 어느 정도 진정되고 나서야 태환은 윤지와 메일을 주고받은 적이 없다는 것을 떠올렸다. 윤지와는 주로 카톡으로 이야기를 나누었다. 아이디만 같은 다른 누군가가 보낸 것일지 모른다. 태환은 메일을 클릭했다.

초대합니다.

우리 동네 맛있는 빵집 '빵'에서 특별한 베이킹 수업을 합니다.

윤태환 군을 저희 수업에 초대합니다.

매주 토요일 저녁 8시. '빵'에서 진행됩니다.

수강료는 무료, 만든 빵을 집에 가져갈 수 있습니다.

총 다섯 번에 걸쳐서 할 예정입니다.

그냥 배우기 너무 미안하다구요?

그렇다면 이야기를 들려주세요. 어떤 이야기라도 좋습니다.
웃기는 이야기, 무서운 이야기, 슬픈 이야기 끔찍한 이야기,
더러운 이야기(이건 말고)…….
빵을 만들면서 여러분들이 들려주는 이야기가 반죽에 들어가면,
효모와 함께 발효되어 아주 특별한 빵이 만들어질 거예요.
6월 첫째 주 토요일 밤에 '빵'으로 오시면 됩니다.~^^

스팸이 아니었다. 유령에게서 온 메일도 아니었다.

같은 날, 똑같은 메일을 받은 사람이 또 있었다.

진아는 발신인 이름을 보고 놀라지 않았다. 이 그리운 이름으로 메일을 보낸 사람이 누구인지 이미 알고 있었으니까. 진아는 캉파뉴가 보낸 메일을 클릭했다. 딸깍. 마우스에서 작고 귀여운 소리가 들렸다.

초대합니다.
우리 동네 맛있는 빵집 '빵'에서 특별한 베이킹 강좌를 엽니다.
이진아 양을 저희 강좌에 초대합니다.
매주 토요일 저녁 8시. '빵'에서 진행됩니다.

진아는 바로 메일에 답장을 썼다. 아주 간단하게.

—네, 꼭 갈게요, 하경 언니. 그날 봐요.^^

이기호는 하던 일을 멈추고 허리를 쭉 폈다. 아직 삼분의 일도 하지 못했는데 어깨가 뻐근하고 허리가 아팠다. 그가 하고 있던 일은 방의 두 벽면을 가득 채운 책을 한 권씩 빼서 거꾸로, 아니 바로 꽂는 것이었다. 몇 년 전 이걸 돌려놓을 때는 단숨에 했는데. 이렇게 삭신이 쑤시지도 않았던 것 같은데…….

그는 으쌰, 기합을 한 번 넣고 팔을 쭉 펴 스트레칭을 한 후 다시 책꽂이로 달려들었다. 책을 한 권씩 뺄 때마다 한때 그를 사로잡은 이야기의 얼굴이 나타났다. 반가운 이름이 드러났다.

언젠가 이 책장에 자신이 쓴 이야기가 꽂혀 있는 걸 상상하며 그는 하나씩 하나씩 책들을 돌려놓았다.

모든 책을 제대로 꽂아 놓고는 책상에 앉았다. 컴퓨터를 켜고 새로운 파일을 열었다. 텅 빈 우주에 태초의 단어를 입력했다. 어쩌면 그의 첫 책 제목이 될지 모를 단어를 소리 내어 읽어 보았다.

"우연한 빵집."

작가의 말

섬으로 수학여행 떠난 아이들이 탄 배가 가라앉았다는 소식을 전하던 뉴스 앵커가 말을 잇지 못하고 울음을 터트렸다. 모르긴 해도 언론인들은 뉴스를 객관적이고 중립적인 입장에서 보도해야 한다는 원칙 같은 게 있을 텐데. 오랜 연륜의 앵커가 그걸 몰랐을까? 객관적일 수도 중립적인 입장을 취할 수도 없었을 것이다. 무엇보다 그는 한 사람의 언론인이기 이전에 누군가의 어버이이고, 감정이 있는 인간이니까.

이 이야기의 최초 모티프는 그의 눈물이었을 것이다. 좁쌀만 한 생각이 뉴스를 볼 때마다 조금씩 조금씩 부풀어 한 권의 책이 되었다. 쓰면서 여러 번 울컥했고, 쓰다 말다 쓰다 말다…… 참 오래 붙잡고 있었다. 광화문 근처에 갔다 오고 난 뒤에는 한동안 컴퓨터를 열지 못했다. 나까짓 게 뭘 안다고 그들의 아픔에 대해서 쓰겠다는 건가, 자책하기도 했다. 그러다가 거짓말을 쓰는 거라고, 원래 이야기 만드는 사람들은 현실에서 모티프를 얻어서 거짓을 지어내는 거니까 감정이입 하지 말자며 다시 꾸역꾸역 썼다. 이걸 끝내야 다른 이야기로 넘어갈 수 있을 것 같았다. 아마도 다른 많은 작가들의 컴퓨터 안에도 그날에 대한, 그렇게 어이없게 바다에 갇힌 어린 영혼들에 대한 이야기 조각들이 들어 있을 것이다.

이건 그저 슬픈 사람들에 대한 이야기다. 사랑하는 사람을 하루아침에 잃어버린 이들의 일상에 대한 이야기. 그들에게 갓 구운 향긋한 빵을 먹이고 싶었다. 그들 모두 함께라면 슬픔이 조금은 덜어질 수도, 힘을 좀 낼 수 있을지도 모른다고 생각했다.

내가 쓰는 이야기에는 착한 사람들만 나온다는 말을 들은 적 있다. 그런 것도 같다. 그건 내가 착해서가 아니라 내 주변 사람들이 대개 착한 사람들이기 때문일 것이다. 요즘 같은 세상에 착하다는 건 칭찬이 아니라는 걸 안다. 별다른 특징 없는 사람을 표현하는 데 '착한'이라는 수식어처럼 만만한 게 없으니까.

그런데 나는 내 이야기 속 사람들이 착한 게 아니라 약한 거라고 생각한다. 보이지 않는 악에 피해 입고 짓눌려 있는 사람들. 속수무책인 사람들. 악은 이야기 바깥에 있다. 나는 그 악을 묘사할 힘이 없는 것 같다. 내가 만든 인물들처럼 멘탈도 약하고, 필력은 더 약하다. 내가 힘을 기르면 등장인물들도 강해질 수 있을지, 보이지 않는 악을 대면해 강펀치를 날리는 주인공을 만들 날이 오게 될지 궁금하다.

이기호의 주방에서 빵이 만들어지는 과정을 쓰기 위해 레시피북을 훑어보다가 즉흥적으로 빵 만들기에 도전했다. 냄새는 그럴듯했는데, 돌처럼 딱딱한 덩어리가 오븐에서 나왔다. 쓸데없는 오기가 생겨 베이킹을 배워 볼까 고민했다. 어디서 배울까 검색만 하다가 결국 그만두었는데, 안 하길 잘한 것 같다. 숨겨진 소질을 발견하고 제빵업계로 나갔거나, 난 할 줄 아는 게 아무 것도 없다고 좌절해서 의기소침해 있었을 테니. 두 경우 다 이 글을 완성하지 못할 이유가 되었을 테니.

베이킹 수업에 등록하는 대신 내 방에서 인터넷으로 빵 공부를 했다. 베이킹 관련 동영상과 자료를 올려 준 모든 유튜버와 블로거들에게 감사의 말을 전하고 싶다. 발효와 발효종에 대한 부분은 와타나베 이타루의 『시골 빵집에서 자본론을 굽다』를 참고했다. 로스카빵은 EBS 「세계테마기행」 멕시코 편을 보다 알게 되었다.

그리고 '저는 군대에 아들을 보낸 죄인입니다'라는 문장은 2013년 5월 개최된 군사망사고 명예회복 관련행사 자료집(김상만 작성) 제목에서 빌려왔다.

이 어쭙잖은 이야기가 누군가의 상처를 더 깊어지게 하는 건 아닐까 조심스럽다. 언젠가 착한 사람들을 슬프게 만드는 악의 세력에게 통쾌하게 복수의 칼날을 휘두르는 이야기를 쓸 수 있었으면 좋겠다.

2018년 7월

김혜연

*본문 105-106쪽 문장은 라우라 에스키벨,
『달콤 쌉싸름한 초콜릿』(2004, 민음사)에서 발췌하였습니다.

블루픽션 31

우연한 빵집

1판 1쇄 펴냄 2018년 7월 31일
1판 7쇄 펴냄 2020년 6월 15일

지은이 김혜연
펴낸이 박상희
편집주간 박지은
편집 장은혜
디자인 이경란

펴낸곳 (주)비룡소
출판등록 1994년 3월 17일 제16-849호
주소 06027 서울시 강남구 도산대로1길 62 강남출판문화센터 4층
전화 영업 02)515-2000 편집 02)3443-4318,9 팩스 02)515-2007
홈페이지 www.bir.co.kr
제품명 어린이용 반양장 도서 제조자명 (주)비룡소 제조국명 대한민국 사용연령 3세 이상

ISBN 978-89-491-9254-3 44800
978-89-491-2053-9 (세트)

이 도서의 국립중앙도서관 출판시도서목록(CIP)은 서지정보유통지원시스템 홈페이지(http://seoji.nl.go.kr)와
국가자료공동목록시스템(http://www.nl.go.kr/kolisnet)에서 이용하실 수 있습니다.
(CIP제어번호 : CIP2018022325)

| **블루픽션** 시리즈

1. 스켈리그 데이비드 알몬드 글/ 김연수 옮김
안데르센 상, 엘리너 파전 문학상, 카네기 상, 휘트브레드 상, 마이클 L.프린츠 상,
어린이도서연구회 권장 도서, 책교실 권장 도서, 중앙독서교육 추천 도서

2. 운하의 소녀 티에리 르냉 글/ 조현실 옮김
소르시에르 상, 어린이도서연구회 권장 도서

3. 내 이름은 미나 데이비드 알몬드 글/ 김영진 옮김
안데르센 상, 엘리너 파전 문학상, 카네기 상, 휘트브레드 상, 마이클 L.프린츠 상

4. 0에서 10까지 사랑의 편지 수지 모건스턴 글/ 이정임 옮김
밀드레드 L. 배첼더 상, 어린이도서연구회 권장 도서

5. 희망의 섬 78번지 우리 오를레브 글/ 유혜경 옮김
안데르센 상 수상 작가, 밀드레드 L. 배첼더 상, 머더카이 상, 아침햇살 선정 좋은 어린이 책,
중앙독서교육 추천 도서, 책교실 권장 도서, 책따세 추천 도서

6. 뤽스 극장의 연인 자닌 테송 글/ 조현실 옮김
프랑스 '올해의 청소년 책', 소르시에르 상, 어린이도서연구회 권장 도서, 열린 어린이가 뽑은 좋은 책

7. 시인 X 엘리자베스 아체베도 글/ 황유원 옮김
카네기상, 내셔널 북 어워드, 마이클 L. 프린츠 상, 보스턴 글로브 혼 북 상, 골든 카이트 어워드

9. 이매지너리 프렌드 매튜 딕스 글/ 정회성 옮김

10. 초콜릿 전쟁 로버트 코마이어 글/ 안인희 옮김
미국 도서관 협회 선정 도서, 뉴욕타임스 선정 도서, 어린이도서연구회 권장 도서

11. 전갈의 아이 낸시 파머 글/ 백영미 옮김
뉴베리 상, 국제 도서 협회 선정 도서, 마이클 L. 프린츠 상, 책교실 권장 도서, 어린이도서연구회 권장 도서

13. 나의 산에서 진 C. 조지 글/ 김원구 옮김
뉴베리 상, 미국 도서관 협회 선정 도서, 어린이도서연구회 권장 도서,
열린 어린이가 뽑은 좋은 책, 책교실 권장 도서

14. 먼 산에서 진 C. 조지 글/ 김원구 옮김

15. 우리 형은 제시카 존 보인 글/ 정회성 옮김

17. 푸른 황무지 데이비드 알몬드 글/ 김연수 옮김
안데르센 상, 엘리너 파전 문학상, 스마티즈 상, 마이클 L.프린츠 상, 어린이도서연구회 권장 도서

18. 킬리만자로에서, 안녕 이옥수 글김
학교도서관저널 추천 도서

19. 레모네이드 마마 버지니아 외버 울프 글/ 김옥수 옮김

20. 기억 전달자 로이스 로리 글/ 장은수 옮김
뉴베리 상, 보스턴 글로브 혼 북 명예상, 어린이도서연구회 권장 도서,
열린 어린이가 뽑은 좋은 책, 교보문고 추천 도서

22. 내 인생의 스프링캠프 정유정 글
세계청소년문학상, 문화관광부 교양 도서, 어린이도서연구회 권장 도서,
교보문고 추천 도서, 학도넷 추천 도서

23. 줄무늬 파자마를 입은 소년 존 보인 글/ 정회성 옮김
아일랜드 '오늘의 책', 행복한 아침독서 추천 도서, 교보문고 추천 도서

24. 이상한 나라에 빠진 앨리스 지은이 알 수 없음/ 이다희 옮김
고래가 숨쉬는 도서관 추천 도서, 교보문고 추천 도서

25. 파랑 채집가 로이스 로리 글/ 김옥수 옮김
어린이도서연구회 권장 도서

26. 하이킹 걸즈 김혜정 글
블루픽션상, 한국문화예술위원회 우수문학도서, 책따세 추천 도서, 학도넷 추천 도서

27. 지구 아이 최현주 글
제11회 블루픽션상 수상작

28. 나는 브라질로 간다 한정기 글
황금도깨비상 수상 작가, 소년조선일보 추천 도서, 중앙일보 추천 도서

29. 키싱 마이 라이프 이옥수 글
한국문화예술위원회 우수문학도서, 어린이도서연구회 권장 도서, 교보문고 추천 도서,
전국독서새물결모임 추천 도서, 학교도서관저널 추천 도서

30. 꼴찌들이 떴다! 양호문 글
블루픽션상, 행복한 아침독서 추천 도서, 교보문고 추천 도서, 책따세 추천 도서,
경기도학교도서관사서협의회 추천 도서, 중앙일보 북클럽 추천 도서

31. 우연한 빵집 김혜연 글
문학나눔 선정 도서, 학교도서관저널 추천 도서, 책따세 추천 도서, 아침독서 추천 도서,
어린이도서연구회 추천 도서

32. 생쥐와 인간 존 스타인벡 글/ 정영목 옮김
미국 도서관 협회 선정 도서, 국립어린이청소년도서관 추천 도서

33. 두 개의 달 위를 걷다 샤론 크리치 글/ 김영진 옮김
뉴베리 상, 미국 어린이 도서상, 스마티즈 북 상, 영국독서협회 상 수상작,
경기도학교도서관사서협의회 추천 도서, 학도넷 추천 도서

34. 침묵의 카드 게임 E. L. 코닉스버그 글/ 햇살과나무꾼 옮김
스쿨 라이브러리 저널 선정 최고의 책, 에드거 앨런 포 상 노미네이트,
경기도학교도서관사서협의회 추천 도서, 아침독서 추천 도서

35. 빅마우스 앤드 어글리걸 조이스 캐럴 오츠 글/ 조영학 옮김
스쿨 라이브러리 저널 선정 최고의 책, 미국 도서관 협회 선정 최고의 청소년 책,
뉴욕 공립 도서관 추천 도서, 학교도서관저널 추천 도서

36. 서쪽 마녀가 죽었다 나시키 가오 글/ 김미란 옮김
소학관 문학상, 일본 아동문학가협회 신인상, 한국간행물윤리위원회 청소년 권장 도서,
어린이도서연구회 권장 도서, 아침독서 추천 도서, 책따세 추천 도서

37. 닌자걸스 김혜정 글
전국학교도서관담당교사모임 추천 도서, 아침독서 추천 도서

38. 첫사랑의 이름 아모스 오즈 글/ 정회성 옮김
안데르센 상, 제브 상

39. 하니와 코코 최상희 글
블루픽션상, 사계절문학상 수상 작가, 학교도서관저널 추천 도서

40. 파랑 치타가 달려간다 박선희 글
제3회 블루픽션상 수상작, 학교도서관저널 추천 도서, 아침독서 추천 도서,
어린이도서연구회 권장 도서, 책따세 추천 도서, 문화체육관광부 우수교양도서

41. 나는, K다 이옥수 글
학교도서관저널 추천 도서

42. 어쩌자고 우린 열일곱 이옥수 글
한국도서관협회 우수문학도서, 학교도서관저널 추천 도서

43. 앉아 있는 악마 김민경 글

44. 최후의 Z 로버트 C. 오브라이언 글/ 이진 옮김
뉴베리 상 수상 작가

45. 스카일러가 19번지 코닉스버그 글/ 햇살과나무꾼 옮김
뉴베리 상 2회 수상 작가, 학교도서관저널 추천 도서

46. 줄리엣 클럽 박선희 글
제3회 블루픽션상 수상 작가, 대한출판문화협회 선정 올해의 청소년 도서,
한국도서관협회 선정 우수문학도서

47. 번데기 프로젝트 이제미 글
제4회 블루픽션상 수상작

48. 뚱보가 세상을 지배한다 K.L. 고잉 글/ 정회성 옮김
마이클 L. 프린츠 아너 상

49. 파랑 피 메리 E. 피어슨 글/ 황소연 옮김
미국학교도서관저널, 미국도서관협회 선정 청소년 분야 '최고의 책',
학교도서관저널 추천 도서, 책따세 추천 도서

50. 판타스틱 걸 김혜정 글
제1회 블루픽션상 수상 작가, 대한출판문화협회 선정 올해의 청소년 도서,
고래가 숨쉬는 도서관 선정 도서, 한국도서관협회 선정 우수문학도서,
경기도학교도서관사서협의회 추천 도서

51. 어쨌거나 스무 살은 되고 싶지 않아 조우리 글
제12회 블루픽션상 수상작

52. 우리들의 짭조름한 여름날 오채 글
마해송 문학상 수상 작가, 한국도서관협회 선정 우수문학도서,
국립어린이청소년도서관 추천 도서, 경기도학교도서관사서협의회 추천 도서,
2017 순천시 One City One Book 선정 도서

53. 웰컴, 마이 퓨처 양호문 글
제2회 블루픽션상 수상 작가, 대한출판문화협회 선정 올해의 청소년 도서,
경기도학교도서관사서협의회 추천 도서

54. 초록 눈 프리키는 알고 있다 조이스 캐럴 오츠 글/ 부희령 옮김
미국 내셔널북어워드, 오헨리 상 수상 작가, 경기도학교도서관사서협의회 추천 도서,
국립어린이청소년도서관 추천 도서

56. 메신저 로이스 로리 글/ 조영학 옮김
뉴베리 상, 보스턴 글로브 혼 북 명예상 수상 작가, 경기도학교도서관사서협의회 추천 도서

59. 고백은 없다 로버트 코마이어 글/ 조영학 옮김
전미 도서관 협회 선정 청소년을 위한 최고의 책,
퍼블리셔스 위클리 선정 최고의 책, 북리스트 편집자의 선택

61. 개 같은 날은 없다 이옥수 글
2013 서울 관악의 책 , 목포시립도서관 추천 도서 , 울산남부도서관 올해의 책,
책따세 추천 도서, 한국간행물윤리위원회 청소년 권장 도서, 한국도서관협회 우수문학도서,
국립어린이청소년도서관 추천 도서

63. 명탐정의 아들 최상희 글
제5회 블루픽션상 수상 작가, 문화체육관광부 우수교양도서

64. 갈까마귀의 여름 데이비드 알몬드 글/ 정회성 옮김
안데르센 상, 엘리너 파전 문학상, 카네기 상, 휘트브레드 상 수상 작가

65. 파랑의 기억 메리 E. 피어슨 글/ 황소연 옮김

67. 하필이면 왕눈이 아저씨 앤 파인 글/ 햇살과나무꾼 옮김
카네기 메달, 가디언 어린이 픽션 상

68. 반드시 다시 돌아온다 박하령 글
제10회 블루픽션상 수상작, 학교도서관저널 추천 도서, 세종도서 문학나눔 선정 도서

69. 원더랜드 대모험 이진 글
제6회 블루픽션상 수상작, 국립어린이청소년도서관 추천 도서, 아침독서 추천 도서

70. 나는 일어나, 날개를 펴고, 날아올랐다 조이스 캐럴 오츠 글/ 황소연 옮김
미국 내셔널북어워드, 오헨리 상 수상 작가

71. 칸트의 집 최상희 글
제5회 블루픽션상 수상 작가, 아침독서 추천 도서, 세종도서 문학나눔 선정 도서

72. 태양의 아들 로이스 로리 글/ 조영학 옮김
뉴베리 상, 보스턴 글로브 혼 북 명예상 수상 작가

73. 마법의 꽃 정연철 글
푸른문학상 수상 작가, 세종도서 문학나눔 선정 도서, 학교도서관저널 추천 도서

74. 파라나 이옥수 글
학교도서관저널 추천 도서, 사계절문학상 수상 작가, 책따세 추천 도서, 국립어린이청소년도서관
추천 도서, 세종도서 문학나눔 선정 도서, 아침독서 추천 도서

75. 그 여름, 트라이앵글 오채 글

마해송 문학상 수상 작가, 국립어린이청소년도서관 추천 도서, 아침독서 추천 도서

76. 밀레니얼 칠드런 장은선 글

제8회 블루픽션상 수상작, 학교도서관저널 추천 도서, 아침독서 추천 도서

77. 아르주만드 뷰티 살롱 이진 글

블루픽션상 수상작가, 한국출판문화진흥원 우수 콘텐츠 제작 지원 당선작

78. 굿바이 조선 김소연 글

⊙ 계속 출간됩니다.